U0127398

近代思想圖書館系列
006

政治:論權勢人物的成長、時機和方法

拉斯威爾（Harold D. Lasswell）⊙原著

鯨鯤／和敏⊙譯

黃志芳⊙校訂

ISBN 957-13-0250-3

目 錄

出版的構想

郝明義

　　二十世紀，人類思想從亙古以來的激盪中，在各個領域都迸裂出空前的壯觀與絢爛。其影響所及，不論是強權、戰爭及均勢的交替，抑或經濟、科技與藝術之推陳，水深浪濶，無以復加。思想，把我們帶上了瀕臨毀滅的邊緣，思想，讓我們擁抱了最光明的希望。

　　回顧這一切，中國人的感慨，應該尤其特別。長期以來，由於客觀條件之貧弱，由於主觀禁忌之設定，我們從沒有機會能夠敞開胸懷，真正呼應這些思想的激動。

　　《近代思想圖書館》，是為了消除這些喟嘆而出現的。

　　我們的信念是：思想，不論它帶給我們對進化過程必然性的肯定，還是平添對未來不可測的驚懼；不論它呈現的外貌如何狂野，多麼審慎，其本質都是最深沉與執著的靈魂。我們必須開放心胸，來接納。靈魂中沒有這些深沉與執著，人類的歷史無從勾畫。

　　我們的目的是：以十一個思想領域為架構，將十九世紀中葉以來，對人類歷史與文明發生關鍵性影響的思想著作，不分禁忌與派別，以圖書館的幅度與深度予以呈現。

　　我們希望：對過去一百五十年間這些深沉思想與經典著作的認識，不但可以幫助我們澄清過去的混沌，也更能掌握未來的悸動。

　　在即將進入二十一世紀的前夕，前所未有的開放環境，讓我們珍惜這個機會的終於到來，也警惕這個機會的必須把持。

《政治：論權勢人物的成長、時機和方法》導讀

王心隱　（美國威斯康辛大學博士候選人）

拉斯威爾(H. Lasswell)是二十世紀美國政治學研究的開風氣者，著作繁多，交友教學有道，其所倡政治學研究方法主導了學界達一個世代之久。

拉斯威爾於一九〇二年出生於美國伊利諾州的一個小城鎮。其父為社區牧師，母親為小學教員，兩人皆為熱心社會公益、廣結善緣的教徒。拉斯威爾成年後，在課外活動上的奔馳，在串連校際間的學術活動，以及在結合各科社會科學專家參與政府活動種種，據他回憶，是深受他父母那種圓滑和積極入世的作為所影響的。

一九一八到一九二三年之間，拉斯威爾就讀於芝加哥大學，主修經濟學。旋入芝大研究所修博士學位。肄業期間，拉斯威爾交友、問學於帕克(Robert Park)、辛普生(Eyler Simpson)、雷德費爾(Robert Redfield)、米德(George Herbert Mead)、杜威(John Dewey)、和懷海德(Alfred N. Whitehead)諸賢學者之間。其中，拉斯威爾尤受懷海德的哲學影響。懷氏相信，人們對外界環境的反應，是針對該環境的某一面向，而非該環境的整體。人們對諸事物的傾向，對利益的判斷，要之皆受經驗和歷史影響。因而對一新思想或觀念的判斷，不僅得從該思想觀念所適從的思想條件和環境來著手，對於理解該思想觀念者的利益和情感亦不可偏廢。懷氏此思想為拉斯威爾奉為終生政治學的圭臬。

拉氏修成博士後即任教於芝大，直到一九三八年因和校長哈親斯(Robert Hutchins)不和，掛鞭求去，才開始了十年左右的學官日子。

一九四七年拉氏接受耶魯法學院的禮聘，重回學界近二十六年，於一九七三年退休，終老紐約。

拉氏一生，著作近四十本書，二百三十篇論文，其中以本書名氣最大，影響最廣；二十世紀美國政治學學科的術語，有不少受其支配，或脫胎於該書。

拉氏寫本書的意圖，主要是想從根本上釐清政治的本質。拉氏在其一九三○年芝大出版的著作《精神病理學與政治》(Psychopathology and Politics)中指出，由現代心理學的角度來檢視政治，將使政治行為的科學研究興起，從而使政治學研究脫離於過度空泛的形式，且不再拘泥於法規條文解釋的束縛。在此見地的基礎上，拉氏於本書把「政治學」不再定義為一研究「國家」的科學，而視「政治」為諸價值的形塑和分享。這些價值包括「代表」、「安全」、「收入」、「尊敬」……這些前所未有的政治學術語。由某種意義言之，拉氏相信，政治學者應可以集中對「權力」的研究，將之界定為重要決策的制定和決定。在此研究中的基本要領，是將政治行為視為社會上人們行為總體的部分。然後，明確找出與所要研究的政治行為的有關部分，鎖定下來，予以「內容和前後脈絡分析」(content and contextual analysis)；同時，也清楚地把與主題原不相干的其他部分畫出，不做不必要的混淆和聯繫。

拉氏之所為是針對西洋傳統政治學中對人性所做的各種假設而癸。在他看來，由霍布士(Hobbes)、馬基維利(Machiavelli)、洛克(Locke)以降，由對人性的假設出癸而做的政治學研究，皆不合實際。拉氏接受弗洛依德(Freud)的觀點，認為傳統研究以「恐懼」、「虛榮」、「牟利」、「共生互利」諸觀念來瞭解人性本質是徒勞的。由於個人的成長過程，是經過社會上許多他人的影響而成；個人的善惡觀、是非觀以及信仰，靡不受他人的影響與刺激。其中拉氏特重「順從」(deference)觀念的形成與結果。換言之，拉氏不以一假定的人性論來分析個人的政治行爲；他著重在一特定的時空中，人與人群間的關係，以及人與所處的社會間的關係。

爲了對一個特定的政治行爲進行科學分析時，能充分理解該特定行爲，拉氏在二十世紀美國政治學研究上，首倡大量利用量化方法和社會心理數據(data)，並對各種文宣的內涵眞義與功用進行分析。另外，拉氏重視在社會上各種政治和社會制度中，那些對價值和公意有決定力和影響力的權勢人物。拉氏不若列寧(Lenin)和莫斯卡(Mosca)與柏烈圖(Pareto)那般狹密，把權勢人物(elite；或譯「精英」)視爲一小撮布黨分子或一團統治階級；他將之定義爲：在任何情況下，「那些在所可獲得中獲取最大的人」(those who get the most of what there is to get)。本書的主題和主旨，便是對政治上權勢人物如何獲取最大所得的方法與其結果進行分析和說明，從而展現拉氏的政治學研究方法。在研究此獲取過程中，拉氏始終提醒政治學者，要具備估量權勢性質可能的改變的能力，以及確定誰是權勢者的學養。

本書完成於一九三六年，但終拉氏一生，對其中主要的觀點和方法始終堅信。其五〇年代末期所做的部分修改，是屬於本書最末一章。

本書在說理、排比、引證和方法上，相較當今許多校園敎科書，仍具可讀性、啓發性和創造性。更難得是拉氏以此雀小的篇幅，面面點到政治學研究中的各主要課題，是爲其出書半世紀來，迄今仍值得爲入門者細讀的原因。

　　＊以上有關本書作者的資料，皆取自Dwaine　Masrvick 所編Harold　Lasswell: *on Political Sociology* (University of Chicago, 1977)一書。

前言

本書對政治的解釋，以從事實際活動的政治家所抱的工作態度為基礎。一項政治家的技能是，要捉摸權勢和權勢人物的可能變化。

這種政治見解對所有社會發展的學者來說並不新奇，然而在他們中間卻常常存在對此見解淡化的危險傾向。至今，連一本為學生、教師、學者、公民和政治家闡明這一論點的簡明英語讀物也沒有，且這種見解被視為陳舊過時。

由於缺乏論述這個基本論點的、合時宜的讀物，某些在實踐和理論上的不良後果就接二連三地發生了。一些從事實際活動的政治家迅即被捕，而後銷聲匿跡了，這是可以預料得到的。一些循規蹈矩的學生，失去了緊迫的和勢不可擋的需要感，往往沉湎於平凡瑣事，對此也無須大驚小怪。

當採用新手段或在形勢發生變化的情況下探索權勢時，對研究權勢的觀念必須加以改變或創新。在突飛猛進的時代，對智力的成果需重作恰當的評估。人人幾乎都相信需要一個我們時代的方向，一個以新的方式致力於制訂計劃的社會。（如卡爾・曼漢Karl Mannheim所堅決主張的），也許還需要新的思想作風。

除蘇聯外，世界上怨天尤人成風。蹣跚在智力成果康莊大道上的人們，不是反對這項工程，就是懷疑其出發點和目的地。許多有關比較政體學、法學、行政法學的述著，都祇致力於現行體制的分類，卻很少涉及它們的利弊。在那些宣揚政治太平無事的述著裡，政治分析的熠耀之光便顯得黯然失色了。

英國、奧地利和美國的經濟學，不能不受這種學術氣候的影響。假如我們信奉李嘉圖 (Ricardo) ①，就可知道古典經濟學早已注意到財富的分配是行使權勢的主要手段之一。自由競爭條件下的財富分配狀況曾被作過仔細論述，但古典著作不甚強調其他條件下的分配。近世的事件，曾明確地提醒我們：分配依靠神話、暴力（建立在信仰和掠奪之上的）以及交易。

本書所能做的僅僅是陳述和舉例闡明這個論點。在本書末尾刊印的有關各章節的文獻目錄注解，在一定程度上表述了本書同他作之間的聯繫。專家們不難分清原著同大量衍生材料之間的區別。那些接受本書提出的參照格局的人們，將有一個指導未來智力影響作用的共同標準。

本書分析的各個方面涉及許多實際問題。我的調查結果，在許多方面同我的朋友、同事、代表、教授和州參議員 T・V・史密斯 (Smith) 所寫的《美國政治的希望》(*The Promise of American Politics*) 最後幾章，有許多相似之處。這說明我的能力在各個方面都像我的朋友、同事和選民，對此，我感到極大的欣慰。

摘引麥克米倫公司 (Macmillan Company) 出版的《傳記文學的一次實驗》(*An Experiment in Autobiography*) 的語錄是經 H・G・威爾斯 (Wells) 惠允的。引用尤金・奧尼爾 (Euqene O'Neill) 所著《哀悼成為厄勒克特拉》②(*Mourning Becomes Electra*) 一書中的某些字句，是蒙蘭登姆出版社 (Random House) 允許後重印的。

哈羅德・D・拉斯威爾

---

①大衛・李嘉圖：一七七二——一八二三，英國經濟學家。
②厄勒克特拉：希臘神話人物。她是阿伽門農和克呂泰斯特的女兒。她鼓勵兄弟埃勒斯忒斯殺死她母親和母親的情夫，因為他們倆殺害了她父親阿伽門農。

【第一部分】
社會中堅

第一章　社會中堅 (Elite)

　　研究政治是研究權勢 (influence) 和權勢人物 (the influential)。政治學闡明條件；政治哲學則爲偏愛提供法律根據。本書局限於政治分析，因此它聲言不論及偏愛，祇是闡明條件。

　　權勢人物是指那些從可取之處得益最多的人。可以得到的益處大致可以分爲「敬意 (deference)、收入、安全。」那些得益最多的是社會中堅，即權勢人物，其餘的是群眾。

　　敬意的分配在正式的聖秩制度中是相當明顯的。羅馬天主教會金字塔形的最高層由較少數的官員佔據著：一個教皇、五十五個紅衣主教、二十二個使徒代表、二百五十六個代理主教使徒、二百四十五個大主教和一千五百七十八個主教。由九或十人組成的蘇共政治局成爲最高權力機構。較爲鬆散的美國政府機構，照樣要授予由九位法官組成的聯邦最高法院、一名總統和由幾百位議員組成的國會特殊的權力。也許有人曾對一個聰明、健談的美國小伙子說，他有朝一日可能會當總統，但在上一代人中祇有八個孩子成爲總統。雖然強有力的美國參議院的規模比較大，但它也祇不過是一個爲每一代人提供四百八十個參議員席位的場所，而且還須假定他們之中沒有一個是重新當選的。所以無論從形式或從實際情況來看，敬意金字塔是高不可攀的。

　　通常，安全的分配要比敬意的分配公平一些，而且往往出現一種比例相反的關係。一項研究報告指出，四百二十三個屬於不同國家和不同時期的君主中，死於暴力的佔百分之三十一點九。百分之四十的玻利維亞共和國總統由於暴力而喪生。人們初步回顧了這些數字，也

許會想起，美國在一九二一年因暴力致死的（包括自殺）佔年死亡人數的百分之七點二；百分之十二點一的美、法總統和百分之九的羅馬教皇都死於暴力。全體人民的相對安全性因時代而異。在十七世紀，每一千個法國人中，有五人在戰爭中直接被殺死或受傷後死去。這個數字到十八世紀上升到十二人，十九世紀十三人，二十世紀十四人。

在西歐文明國家中，財富和金錢收入的分配是不公平的。在商業十分繁榮和投機活動非常活躍的一九二八年，美國人平均國民收入達五百四十一美元，爲法、德的二點五倍（按一九一三年美元購買力計算），但早在一九一三年，即第一次世界大戰前夕，美國人均國民收入爲三百六十八美元。在這個時期，美國人均國民收入的絕對增長數在諸強中居首。但相對地說，發展最快的還是日本。一九一三年，日本人均國民收入是二十二美元，到一九二五年便上升到五十三美元。從絕對增長數上看，英國屈居美國之後，一九一一年英國人均國民收入是二百五十美元，一九二八年爲二百九十三美元。俄國從一九一四年的五十二美元上升到一九二八年的九十六美元，其絕對增長數比法、德同一時期的絕對增長數都大。而義大利人的平均國民收入卻從一九一四年的一百零八美元下降到一九二八年的九十六美元。

在上述國家中，收入的分配差別懸殊。自一九一八年至一九二六年期間，佔美國人口總數百分之十的人攫取了全國三分之一的貨幣收入。

以上挑選出來的有關敬意、安全和收入的益處很具代表性，但這不是唯一的。政治分析可以使用別的組合方式，那麼產生出來的權勢人物的比較結果也就不同了。當強調權勢人物的不同特徵時，政治分析的結論也就各不一樣。有一種分析的方式是根據技能來考慮益處的分配的。

顯然，打仗的技能，不論是爲上帝而戰、爲國家而戰或是爲階級

而戰，都是人們藉以達到權力頂峰的捷徑之一。凱末爾 (Mustafa Kemel Pasha) ①參加了一九一一年土—義戰爭，指揮了一九一五年土軍在加利波利 (Gallipoli) 北線和其他地方的戰鬥。墨索里尼 (Musolini) 和希特勒 (Hitler) 都經受了世界大戰戰火的洗禮。蘇聯的幾名掌舵人主要不是通過合法的手段，而是用非法的手段——暴力，走上領導崗位的。約瑟夫‧斯大林 (Josef Stalin) 一九〇一年第一次被沙俄當局逮捕，後來他就轉入地下，經常從事冒險的革命運動。約瑟夫‧皮爾蘇迪斯基 (Joseph Pilsudski)，波蘭的前獨裁者，因涉足波蘭民族運動，於一八八八年被流放到西伯利亞(Siberia)，一八九二年參加社會黨，並組織了秘密的武裝部隊。

赫爾曼‧戈林 (Hermann Göring) 是德國「馮‧列希特霍夫男爵」(Freiherr von Richthofen) 軍團的末任司令員，這個軍團在世界大戰的最後幾年中寫下了光輝的歷史。魯道夫‧赫斯 (Rudouf Hess)，德國國家社會黨書記和希特勒的親密夥伴，是德國代號為「三十五」偵察飛行計劃的前成員。羅伯特‧萊伊 (Robert Ley) 博士，德國國家社會主義工會聯合會領導人，同格雷戈爾‧斯特拉瑟(Gregor Strasser)一樣，原是一名空軍飛行員，在納粹上台之前，一直同希特勒保持著密切的交往。德國海軍軍官，特別是潛水艇的軍官，在黨派政治活動中，常常擔任了同樣重要的角色。

關於與暴力密切相關的文官職務，人們可能要回想起羅斯福(Roosevelt) 家族對一個海軍助理部長職務享有特效權的問題。先是西奧多‧羅斯福 (Theodore Roosevelt)；後是富蘭克林‧D‧羅斯福 (Franklin D Roosevelt)。後者自一九一三年至一九二〇年期間在海

---

①凱末爾：一八八一年至一九三八年，土耳其將軍、一九二三年至一九三八年土耳其第一任總統。

軍服役，一九一八年七月至九月任美國在歐洲海域的海軍監督。

　　美國內閣歷來把它的郵政部長看成是政治組織技能的代表，對要消滅托洛斯基(Trotsky)的斯大林來說，組織技巧是必不可少的。希特勒是一位兼備組織、演說技能的人；墨索里尼是演說家、新聞工作者和組織者。馬什利克(Masaryk)②有口才，熟諳新聞和組織工作，博學多才。值得注意的是，共產黨中央政治委員會已在逐步更換它的成員結構，由更有組織技能的人替代善於辭令、撰稿和治學的人。

　　有一種技能是依靠影響深遠的象徵，即類如演講、辯論性文章、新聞報導、法律短評、神學辯論、就某個主張而寫的小說以及哲學體系等中間媒解，來打動人心的。由於技術的發展，人們的物質環境變得複雜了，從而人們依靠使用這些象徵而生活的機會也就急劇增加。比如，自一八七〇年以來，美國職業作家隊伍從一個微不足道的數目，猛升到一萬二千至一萬三千人；藝術家從原先的四千人增加到六萬人；演員由二千人增加到四萬人；音樂家從一萬六千人發展到十六萬五千人。教職員工增加了十倍。現有的新聞記者人數同一八七〇年相比，為十比一。今天，美國有三十萬名律師。大家知道，律師在法院、立法機關、委員會和董事會裡起著何等重要的作用。美國總統顧問班子內的一半成員來自律師界。

　　處理事務的專家同管理人員的專家一樣，在近代有了驚人的增長。美國技術工程師(不包括電氣工程師)，一八七〇年為七千人，到一九三〇年便超過了二十二萬六千人（總的看來，有報酬的雇員僅增長了百分之三百）。然而，工程專家並不像那些專門利用文章、演講支配群眾的人們受人尊敬。

　　在十九和二十世紀的歲月裡，當現代工業擴張發展時，談判的技

---

②馬什利克：捷克斯洛伐克政治家。

巧成爲人們到成功之路的途徑。

對社會中堅是可以用階級和技能這些術語作比較的。一個階級是一個有相似的作用、地位和觀點的重要社會集團。在近代世界政治中，主要的階級結構有貴族、富豪集團、中產階級和體力勞動者。

一九二五年，德國地主貴族擁有大量房地產。他們佔有全國百分之二十點二的可耕地和易北河（Elbe River自捷克西部流經德國入北海）以東百分之四十的土地。這一大片房地產總共不過是德國擁有土地總量的百分之零點四。在金字塔的底層是那些小塊土地擁有者——他們佔德國土地所有者人口總數的百分之五十九點四，卻祇佔有百分之六點二的可耕地。

特別值得注意的是智利的土地所有權集中在一小撮貴族的手裡。根據官方估計，二千五百個貴族在全國五千七百萬英畝私有土地中擁有五千萬英畝土地。戰前，匈牙利的一千三百英畝或超過一千三百英畝的土地擁有者，佔有全國土地總量的百分之十七點五，而他們的人數祇佔土地擁有者人口總數的千分之一。同樣，帝俄時代的波羅的海（Baltic）沿岸各省，也有大地主貴族，如愛沙尼亞（Estonia）獨立之初，一千一百四十九個大莊園主佔有全國百分之五十八的土地；在拉脫維亞（Latvia），全國土地的一半在一千三百個男爵領地內，一九二二年土地改革時湧現了四萬三千個新農戶。

資本主義社會的發展經歷了幾個階段，大富豪集團從商業、工業和金融業部門紛紛崛起。美國商業資本時期的富豪典型是約翰·雅各布·阿斯特（Jhon Jacob Astor），他的財產總計爲二千萬美元，從同遠東貿易和皮貨貿易中賺錢，還在紐約搞不動產投機買賣中獲利。工業豪富出現稍遲。科尼利厄斯·范德比爾特（Cornilius Vanderbilt）在鐵路投機事業中賺了一億美元。賽勒斯·麥考密克（Cyrus McComick）靠農業機械致富，安德魯·卡內基（Andrew Carnegie）

靠鋼鐵發迹，約翰・D・洛克菲勒 (John D Rockfeller) 靠石油起家，而J・皮爾龐特・摩根 (J・Pierpont Morqan) 則利用投資銀行大發其財。一九二九年美國有五百零四個富翁，他們的年收入超過一百萬美元，他們的財產總值爲三百五十億美元。通常，這些工商金融巨頭的財產極不相同，但都象徵著證券對交易的遙控。

十八世紀末，上升的法國資產階級同貴族發生了尖銳的衝突，但在其他國家，新興的資產階級卻與沒落的貴族很快地融爲一體。在德國，一九一三年名列榜首的巨富是克魯伯(Krupp)家族，他們擁有七千萬美元家財，代表了新興的工業資本家；第二號巨富的位置被貴族亨克爾・馮・唐納斯馬克親王 (Prince Henckel von Donnersmarck) 佔有；凱塞 (Kaiser) 家族居第五位。絕大多數的德國貴族財富採用多樣化的辦法自找出路，而同資本主義企業融合在一起成了它的特點。

從對英國內閣部長們的分析中可以看到，由於新社會的形成，英國貴族統治自十九世紀初期開始逐漸退出歷史舞台。這項分析的作者哈羅德・J・拉斯基 (Harold J Laski) 指出，一八〇一年至一八三一年期間，在七十一名英國內閣級部長中，至少有五十二人是貴族的後裔。一九〇六年至一九一六年期間，內閣貴族後裔的人數下降到與其他階級相等，即五十一名部長中有二十五人是貴族的後裔，一九一七年至一九二四年期間，五十三名部長中祇有十四人出身於貴族。

日本是採用在幾個封建大家族中劃分並分配新型企業的辦法，實現了向工業和金融現代化的過渡。

較小的中產階級是由那些運用自身的技術從換取中等水平報酬的人們中組成的。因此這個階級包括小農、小商人、收入微薄的自由職業者、熟練工人和手工業工人。體力勞動者是那些沒有什麼技術的人，他們是眞正的無產階級。怎樣劃分富豪集團、小資產階級和無產階級，是現實政治中用辛辣的語言進行爭論的一個問題，科學家們衆說紛紜，

莫衷一是。社會主義的宣傳家有時試圖把熟練工人，甚至低薪的自由職業者都劃歸無產階級。富豪集團的宣傳家則從整體的角度談論「商業」，試圖把大商業、大金融同小商業、小金融之間的界線加以淡化。

約瑟‧N‧霍爾庫姆(Arthur N Holcome)用布哈林(Bukharin)的理論術語衡量美國情況而得出下列的結論：把二千四百八十萬有報酬的雇員和一千四百萬搞家務勞動的婦女劃給「無產階級」之後，爲「無產階級」得出的一個數字是，百分之五十一點七有報酬的雇員爲「無產階級」，百分之一點六爲「資本家」；百分之八爲「地主」，其餘爲「中間的」、「在轉化中的」、「混合的」，以及「無類別的」。W‧I‧金(King)估計，一九二四～一九二七年期間，美國有報酬的雇員的人均收入爲一千八百八十五美元。據大致估計，「無產階級」成員的實際收入要大於這個平均數。

在那些爲了得到技能而作出犧牲的人們中，有一種共同的內在心理狀態，他們傾向於讓小資產階級與富豪集團融爲一體，而不是同沒有什麼技術的無產階級打成一片。對有技能者一律付給高報酬的社會規章制度普遍地引起低收入的自由職業者、商人、農民和熟練工人的不滿，於是，他們紛紛脫離那個保護富豪集團的社會體制。在霍爾庫姆的分析中，那些被劃爲「無產階級」的，包括技術熟練者以及技術半熟練者和無技術者；因此，在他們中間有許多人可以被認定屬於小資產階級。有證據表明，在美國生活中白領工人和專業人員已在取代體力勞動者。據估計，美國的機器革命已使百分之二十五的勞動人民，從繁重的體力勞動中解放出來，省力的機器減輕了仍在農場、礦山、工廠勞動的人們的體力重負。一八七〇年有百分之五十二點八的有報酬的雇員在農村工作，至一九三〇年下降到百分之二十一點三。就業情況變化最大的還是在貿易界和運輸業（從百分之九點一上升到百分之二〇點七），辦事服務機構（從百分之一點七上升到百分之八點二）

以及自由職業（從百分之二點七上升到百分之六點五）。

除了技能和階級，研究利益分配時還要結合人物進行考慮。冷靜的、有修養的心理學家是否明白什麼是各種人物的相對成就？什麼是色情狂者、虐待狂者、獨身者、精神病患者、鬼迷心竅者和被管制者的不同命運？從這一觀點來看，由於時代的前進，社會的軸心不再祇是環繞著階級和有技能者這樣的大隊伍轉了，它變成爲一批批人物而轉動。

不同的人格類型（personality forms）與個人在政治上所感興趣的事物是緊密難分的，而這些人格類別的傾向或因天性，或因早年在尋求政治舞台上的滿意角色中而受到影響。一個鼓動者就是這種類型的人物。由於他渴望從人們那裡取得及時的、令人激動的敬意，他就從他的同伴中脫穎而出。因此，他用豐富的感情去修習爲民請命的技能，如雄辯術和寫論戰性的新聞學。不善於作感情反應的人可能祇是個平凡的組織者。一個鼓動者在危機高潮中得到他名下應得的東西；而作爲一個組織者在危機交替時期會得到人們的寵愛。當危機深化時，阿斯奎斯（Asquith）③讓位給勞埃德・喬治（Lloyd George）④，馮・興登堡（Von Hindenburg）⑤讓位給希特勒。當危機緩和時，舞台就爲斯坦利・鮑德溫（Stanley Baldwin）⑥或沃倫・哈定（Warren Harding）⑦安排了位置。

在危機的初階段，那些對人既仁慈，又堅定，寧多體貼，不願做殘酷的人物，可能突然邁著大步前進。當可怖的戰爭烏雲，或革命風

---

③赫伯特・亨利・阿斯奎斯：一九〇八～一九一六年任英國首相。

④勞埃德・喬治：一九一六～一九二二年任英國首相。

⑤保羅・馮・興登堡：陸軍元帥，一九二五～一九三四年任魏瑪共和國總統。

⑥斯坦利・鮑德溫：一九二三～一九二九年，一九三五～一九三七年任英國首相。

⑦沃倫・哈定：一九二一～一九二三年任美國總統。

暴臨頭時，群眾憂心忡忡，需要領導人再三作出保證。這時，和藹可親的林肯 (Lincoln) 當然比之性如烈火的斯華德 (Seward) ⑧處於更加有利的位置了。

有一類人物容易醉心於搞專橫的暴力。他們常常學會用憑空臆造極度緊張的手法去恐嚇他們周圍的群眾。他們利用把怒火射向剝奪者，牢牢地控制住權力。這種拿破侖 (Napoleon) 式的人物極易毀滅自己或他人。

不管政治表現的形式如何特殊，各類政治人物的共同特點是，強烈地需要獲得人們對他們的尊敬。當這一動機同他的縱橫捭闔的技能和天時地利湊合在一起時，一個實實在在的政治家就此誕生了。一個全面發展的政治人物要為了公眾利益，在世界公眾事務中繪製出自己命運的藍圖。因此，為了集體利益他可以在公眾事務上拋棄私人的動機。

真正的政治人格是一項複雜的成果。嬰兒離開娘胎，不會說有關遠近環境的話，他們的搏動，首先是朝向一個直接的基本環境。關於世事的象徵是在這種基本環境中賦予意義的。一個真正的政治家學會學用紛繁的公眾事務作為緩解他的基本環境對他施加壓力的手段。在基本環境中受挫或渴望得到尊敬，會在從屬環境中表現出來。這種轉移在動聽的辭藻下變得合法化；他不是為了行動而行動；他暗示他是為了上帝的榮譽、國家的神聖不可侵犯、民族的獨立和階級的解放而奮鬥。在極其罕見的情況中，政治家對他周圍並不具體的目標也承擔義務。他不會全神貫注於識別科學藝術和技術的本性，而衹是關心他自我的目標——如何受人尊敬。

除了技能、階級和人物集團外，我們還要考察在「態度集團」中

---

⑧威廉‧亨利‧史華德：一八六一～一八六九年任美國國務卿。

間的價值(values)分配。世界是在那些根據對國家、階級、職業和人民的忠誠而分享到各種稱號的權勢人物中間進行分配的。有些人一手拿箭一手舉橄欖枝爬上了名流地位；有些人則由於大範圍政策的需要，以及具有未來樂觀的遠見卓識而青雲直上。類型十分不同的人物可以在忠於國家，或忠於階級、秩序、政策、觀點下團結起來。這樣，態度集團就可超越人物的分類，如同它們可以超越技能或階級集團的分類一樣。在任何特定的時間，技能或階級集團的成員不可能產生有關技能或階級集團的完美意識。也許一個旁觀者能夠懂得他們事業成敗的意義,但技能或階級集團的成員可能祇會講些愛國主義一類的話，不去涉及階級或技能集團的共有的象徵。

就這一點回顧一下在上文已經討論到的基本問題,大概是合宜的。「政治」這個術語常常是指研究權勢和權勢人物。顯然，想用簡單的標準對權勢和權勢人物作有效的測定，是不可能的。利益的相對分配是權勢的面觀之一。利用不同價值可以得到不同的結果，例如，一個享有敬意的權勢人物未必是一個享有安全的人。現在列舉的三項（敬意、安全、收入）價值表上，還可以加進更多的益處項目。不管是什麼樣的表，價值項目均可以不同的方式組合起來，於是就得出與對社會中堅的各種分析相當不同的結論；如果不用「價值的相應分配」，而是用其他一些術語對社會中堅進行分析,那麼便可能得出嶄新的結論。假使有關於社會中堅衝突論的說法，那麼此術語也可以用來指明益處是怎樣得到改變的。假如這種假定的衝突成立的話，那麼就可判斷出金融資本家比工業資本家更強大還是更懦弱。

另外，從分析的觀點看，我們不能期待一個靜止不變的穩定之物，相反，要經常進行再觀察，把日新月異的世界面貌置於嚴密注視之中。專修政治的學生需要一個統一的參照標準，那就是富者與「權勢和權勢人物」、「權力和權力人物」所具有的各種含義。

　　也許讀者可能從這樣的見地中，發問個人在世界上的位置問題。他會自問：我的主要技能是什麼？我屬於哪一個階級？我是哪種類型的人？我對集體的政策和態度的忠誠和偏愛如何？在我的居住地、地區、國家、洲和世界，哪裡才使技能、階級和人物類型同敬意、安全和收入等價值的分配相統一呢？我在的一生中，爲什麼我的地位已經有了這樣大的轉變呢？在我死去之前，還可能有怎樣的變化呢？

　　最後一個問題以最尖銳的可能方法提出的最關鍵性的問題。這一想法的目的是，把自我作爲一個目標放在隨同時代前進的目標之中。目標是要從過去和未來發生的事件的因果關係中，正確地觀察自我。在這種情況下，可以把各種時代的一批批階級、技能、人物和態度集團的方向作爲觀察自我的著眼點。

　　這就是研究政治事件的觀察方法，但也存在著動手的方法。觀察事件是爲了發現達到目標的方法和手段。分析家的觀點是，無需號召公開參加革命的、或反革命的、改革的或反改革的運動，儘管這種看法會使分析家的態度更加接近於鼓動者——組織者的立場。假使從這樣的角度觀察事物，那麼當一個思考者重新開始採取沉思默想的態度時，一種個人參與的新意識可能在他身上產生有力的影響。

　　怎樣才能使領袖人物受到攻擊或得到保衛？怎樣才能用宣傳、暴力、商品和習慣做法等手段來達到具體的目的？正如人們所理解的，這些就是用動手的方法研究政治所提出的主要問題；這些就是在下面四章裡將會提出討論的問題。然後重新回到觀察的方法，參照對技能、階級、人物和態度的分析來解釋事件的含義。

　　把當前對政治的解釋置於近代政治學的思想中加以剖析也許是有用的。直到一九〇六年，美國才有足夠的政治學家組織了一個全國性的組織(儘管在一八八五年，已經成立了美國經濟協會)。協會的最早會員是從政府部門或政治學科和某些大學的歷史系和哲學系以及某些

法學院吸收的。過去，這些政治科學家雖然具有支配自如的各種技術才能，但他們卻被共同關心的、何謂政府體制這個課題結合在一起了。在過去，政治學與哲學和法學不同，是一門主要強調廣泛的歷史演變的比較政體學，因爲廣泛的歷史演變引來了近代的體制，尤其是在西歐說英語的國家。

近年來，學術性的政治學已經擴大它的論述內容，把注意力集中在政府管理、政黨、進步團體和政治人物。政治學家已經變得更加注重剛已過去的和行將來臨的事件，而不是遠古時代。由於他們注意中心的轉變，他們使用的調查研究方法也就和歷史學家、哲學家和法學家的傳統研究問題方法不一樣了。

研究剛已過去的和行將來臨的事件就要注意採訪和實地觀察的方法，這就促使更多的政治學家去接觸善於採訪當事人的專家（文化人類學家）去導引出生活歷史的材料，（社會心理學家、社會學家），去作更長期和技術性的訪問(臨床心理學，特別是精神分析學)，以及去作有控制的觀察（行爲心理學、兒童心理學、應用心理學）。

注重剛已過去的和行將來臨的事件的政治學家，曾調查過各種重複發生的事件(如表決)。這就有可能使用數量程序來對比結果，並使政治學家同統計學家取得更加密切的聯繫。

因此，政治學家爲了替他的問題尋找答案，祇能求助於在學術部門中辛勤耕耘的新興技能集團，而不是向歷史學家、法學家或哲學家請教。

顯然，這種觀點的變化很可能促使政治學家們概念和方法的變化。有些政治學家討厭把他們的研究領域同「政府」或「國家」等同起來，他們發現政治學的傳統詞彙不易適應有關變化的論述。傳統的差別是在「統治者」和「非統治者」、「國家」和「非國家」、「集權的」和「分權的」之間。大部分事情在某些方面似乎還是落在「不論……還是」

這類詞彙之間，同時，還要求用語能夠在「更多或更少」之間作點區別。持久的調查研究可能導致把世上的國家分為「專政」或「非專政」，但這種用兩個術語加以分類似乎並不特別重要，重要的是人們對各個「權力」或「權勢」階層以及暫時使用部分權勢的跡象產生日益增長的興趣。

　　集中精力研究權勢的政治學，並不意味著忽視在全社會範圍內利益的總分配。不可能祇想找出少數而不考慮多數，強調少數人得益最多的可能性，並不意味著多數人不會從某些政治變化中受益。

　　另外，根據某些價值（如敬意、安全、收入）作政治結果的分析，並不意味著這種結果或益處是有意識地被找出來的。確定自我意識奮鬥的權勢是調查研究的事情。在某種環境中，「階級的重要性」和「技能的重要性」祇是「階級意識」和「技能意識」的一閃念。實際形成的主觀態度祇會損害，而不會促進階級或技能集團的有關權勢。主觀態度可能是「虛假的階級（或技能）意識」，而不是「真實的階級（或技能）意識」。

　　因此，政治學是研究權勢和權勢人物的一門學科。權勢是根據為了分析而選定的價值的分配來決定的；具有代表性的益處是敬意、安全和收入。假如有一張權勢衡量表，那麼單一的標準是不可能使所有人都滿意。但情況是可以通過具體標準的連續應用而得到闡明的。不論採用什麼樣的衡量方法，要將注意力集中在權勢人物的特徵上，該特徵可以用諸如階級、技能、人物和態度等經過選擇的術語來描述的。社會中堅的命運深受他所操縱環境的方法，即：使用暴力、商品、象徵、習慣做法的影響。

　　本書將從論述權勢人物的方法開始，到權勢人物的重要性結束。

【第二部分】

方法

第二章　象徵 (Symbols)

　　任何一個領袖總要爲了共同命運的象徵，保衛和維護自己，這些象徵就是旣定制度的「思想」和反領袖的「烏托邦思想」。一個領袖使用經過認可的語言和姿態，誘使群眾流血、勞動、繳稅和歡呼。一種政治制度運轉正常時，群眾崇敬這些象徵。一個自命公正善良和無所畏懼的領袖爲了一種不道德行爲的新意識，使自己的名譽蒙受損失。「上帝保佑——天下太平」，「團結就是力量」——這也並非全是宣傳。

　　一個已建制穩固的思想意識不太需要那些旣得利益者系統地宣傳就能長時期的存活。關於傳播信念的一個想法被採用的時候，信念卻已失去了活力，社會的基本觀點已變得陳舊，或者說，一種新的成功的觀點尙未抓住新老兩代人的那顆自動效忠的心。一個沒有自己思想的國家眞是幸福。或者說幸福至少是屬於取得普遍默許的重要利益的少數人的。當群眾被信仰感動和領袖受自信鼓舞時，那些授予別人特殊利益的生活方式，不需要什麼陰謀詭計。

　　任何健全的生活方式無不按照自己的模式塑造人的行爲。從托兒所到墳墓，資產階級社會必然對人民反覆灌輸個人主義，而社會主義國家則反覆灌輸共產主義思想。在美國這樣的一個資產階級國家，自從有了個人主義這種意識時起，歌曲和故事就是一部頌揚個人成就和職責的傳記。在美國，小銀行在群眾中灌輸滴點節約的精神；校園裡的買賣在宣傳資產階級的價值尺度等；學校裡的分數制使每個學生與他的夥伴比高低。「成敗在己」。「努力和成功」意味著「肯努力，必成功，不努力，不成功」。

「金錢萬能」：錢太少「因此現在就去買自行車是不明智的」；「我們必須節約，舊汽車再使用一段時間吧!」；「他們朝貧民院走去，你沒有看見她那副寒酸相!」；「他們是可敬的人，但她使自己的雙親丟臉、受辱」；「他們爲一份遺囑吵架呢」；「她全是爲了金錢嫁給他的」；「有人說他把她毒死，這樣他可以拿到一筆保險金」；「他是一個有才華的人，但因酗酒而墮落了」；「在他到處尋花問柳，把錢花在蕩婦身上以前，是個很好的養家餬口者」；「我聽說哈里(Harry)在不動產生意中發了財」；「那東西花了你多少錢?」「那所學院的學費是多少?」

有錢又有成就的大叔、教會的執事先生、男女畢業生、銀行家，都是人們阿諛奉承的對象。用他們的肖像裝飾牆壁，用他們的半身雕像美化大廳，爲了給各種場面增光，恭請他們光臨。當「失敗者」乞求施捨或依靠偷竊度日，甚至境況更糟時，各式各樣帶有侮辱性的稱呼，就會在餐桌上或托兒所裡、街頭巷尾到處飛揚。

市井流言蜚語、小說和電影常把個人的成敗當做話題。他失敗是因爲他缺少機智，或者有口臭，或是沒有讀完函授教育，再不就是因爲沒有進過正規大學或忘了把他的頭髮梳得油光錚亮。她成功是因爲她有色度適宜的口紅，或在家裡聽留聲機學習法語課，使皮膚保持豐潤柔軟，令人願意觸摸，和買到了柔軟的透明女內衣。假如她開始學打字和速記，她可能會嫁給老闆。十分典型的是：一個影迷可以接二連三地從下列電影中，看到突然成功主題下的典型人物：在「我不是安琪兒」(I'm No Angel)，這部影片中，一個離過婚的姑娘嫁給一個上流社會的男人。在影片「晨曦」(Morning Glory) 中，一個一心想做戲劇演員的農村姑娘在一次夜間戲劇首場演出中，被人推推撞撞，擠到了主角的位置上，她居然取得了成功；在「我的癖好」(My Weakness)這部影片中，一個女僕裝扮成一個貴婦人征服了一個上流社會的男人。在影片「瓊斯皇帝」(Emperor Jones) 中，一個黑人侍者爬上

了儼若君王的高位, 直到後來身敗名裂。在「舞台生涯巡禮」(Footlight Parade) 這部影片中, 一個青年製片人奮戰一晚, 一舉成名。

對社會上和工業上的難題, 可以據理分析, 查出個人在觀察上的誤差。假如某某公司的煤礦出了岔子, 那是因爲回紐約的礦主事先不知實情; 也可能是激進的鼓動者或歹徒在那裡製造麻煩, 他們是爲了使自己成爲罷工領導者或罷工調解人被公司雇用而去煽動人們的。

於是, 人的問題成爲社會注意的中心。報紙報導說, 他把她殺了, 因爲他發現她有外遇, 或因爲她未能瞭解他已另有新歡。報紙又報導說, 某人在一次選舉中獲勝, 因爲他作過一次精彩的講演。報紙還報導說, 他慘死輪下, 因爲他忘了看一下火車是否駛過來了。報紙再報導說, 她受傷了, 因爲她沒有看包裝上的說明。不要把一次個別的意外事故描繪爲因果關係的典型。不要把失業寫成絕望, 不要把糧食歉收說成局勢不穩, 不要把禁令過多敍述成行政管理效率降低。不過, 在資產階級世界中, 人的動機和鬥爭是新聞界視作第二位的題材。

在對人們從生到死灌輸著這樣的思想意識時, 他們對集體責任這個論題一竅不通。事實上, 在任何一個集體社會中, 人生歷程需要重新塑造和安排。比如, 蘇聯曾經爲改造青少年一代的心理環境作過努力。這指的是集體宿舍, 在那裡, 公用洗衣房和其他類似的服務性行業代替了私營企業。爲了使集體事業單位而不是使野心勃勃的個人成爲社會注意的中心, 他們用集體承擔任務代替了個人承擔任務。在舞台上, 他們強調的是劇本內容, 不是明星, 要探討的是劇情發展的結局, 不是個人的問題。

國徽和國歌也構成人生可貴的啓蒙教育。在美國, 所有紀念活動都掛著國旗, 在陣亡將士紀念日, 國旗在微風中嘩啦啦飄揚; 在特別的假日, 在不協調的歌聲中齊唱「星條旗」; 在學習和上口頭答問課之前, 人們一再向國旗作效忠宣誓; 在學校、教堂、俱樂部排練英國淸

教徒的盛大慶典時，人們揮舞著國旗。還有爲戰時逃避兵役者的親屬舉行緊張而侷促不安的悼念會上，在海、陸、空軍部隊的行軍歷險故事會上，在爲死者舉行莊嚴的安靈彌撒時，以及在穿著灰、藍卡其制服邁步前進的縱隊前面，也都有國旗。

像總統就職典禮這樣的場合，國家的統一象徵——星條旗再次在人們眼前冉冉升起。在美國，認可的詞彙經常變化。南北戰爭前，叫做「聯邦」的詞，在戰後，已成了血染的、有爭議的聯合，因此在總統講話中，此詞實際上已不再出現。值得注意的是自世界大戰以來，「合眾國」這個詞正同「美國」或「美國的」脫離而單獨使用。總統就職演說內容一成不變地要提到上帝，當然還提到「自由」、「自主」、「獨立」、「經濟」、「自治」等等。甚至，連美國首任總統喬治・華盛頓 (George Washinton) 的就職演說也提及一般的往事；自富蘭克林・皮爾斯 (Franklin Pierce) ①之後，對「我們光榮的過去」，或「我們的紀念日」要按時舉行慶祝，諸如「我們的父老、我們的祖輩、創始人、締造者、我們的聖人、英雄」這一類詞組很少會在各種紀念會上被人遺漏。「對未來充滿信心」這話只是詹姆斯・門羅 (James Monrre) ②和格羅弗・克利夫蘭 (Grover Cleveland) ③的就職演說中被省略了。在大多數演說中，除了敵對的詞句用於對付「黨派偏見」，通常都用些自我奉承的話，如「我國人民的智慧、我國正義的人民、我們偉大的國家」等等。

反映在卡通畫面上的美國大眾電影，外國人往往扮演一個可憐的角色，除了某部影片觀眾對他們或多或少地抱有同情心之外。多少年來，電影裡面的「墨西哥」人的套式是一件短外套、一頂大闊邊帽、

①蘭克林・皮爾斯：美國第十四任總統（一八五三～一八五七年）。
②詹姆士・門羅：美國第五任總統（一八一七～一八二五年）。
③格羅弗・克利夫蘭：美國第二十二、二十四任總統（一八八五～一八八九年）。

刺馬釘、左輪槍或來福槍。他經常衣衫襤褸，鞋子打著補釘或者光著
腳走路。一頭黑髮，微微上翹的鬍鬚，黑眼睛，揑緊的拳頭，繃著一
張令人討厭但不使人憎惡的臉。「墨西哥人」經常以矮小、瘦弱的小淘
氣的面貌出現，對這樣的小淘氣，一定要痛打他的屁股才能使他入睡。
有時他被描寫成喜歡玩火，或在山姆大叔面前伸伸舌頭，或在一次青
少年挑起的惡作劇中被他北鄰的警察拘捕起來的角色。

　　一九一五年前，關於「日本人」的套式有些變幻無常，有時把他
塑造成一個小男孩，有時把他描繪成一個穿和服的侏儒。直到一九一
五年的五月，在漫畫家鮑爾斯 (Bowers) 筆下的「邪僕」(Jap) 才是
穿著一件長至膝蓋的和服，背上打一個蝴蝶結，露臂裸腿，剃光頭，
一排潔白的牙齒，手執利劍的武士。但在一九一五年，卡通畫面上的
「邪僕」的裝束傾向於不穿和服，全副軍裝打扮；常常穿一件沒有裝
飾的短平布上裝，長褲、長統軍靴、戴一頂軍帽，佩短劍以及常常掛
著一把左輪手槍或軍刀。有時，尤其是在華盛頓會議時代，「邪僕」被
打扮成穿著一套平常的商人服裝，但是到一九二五年，「邪僕」又回到
全副軍裝，威風凜凜的穿著。

　　在卡通畫面上不注意公眾（作為公共開支的受益者）的形象，會
引人注目地使人民對政府產生不滿。「重點全在『納稅者』身上」。他
常常被打扮成身穿白領黑服、配上活結領帶，有時，他穿著白襯衣、
下身常常套著淺道長褲。納稅人是那些常常受苦遭罪令人憐憫的人們
之一。從前的納稅人戴著一頂草帽、或圓頂禮帽、大牧童帽，而現在
的納稅人普遍地被畫成戴著尺寸不一的軟氈帽，有時掀到頭頂上，有
時拉下來戴到耳朵上。他的鞋子不是破舊不堪，便是綴滿補釘。不管
他的帽式怎樣變化，但是那體面的白領子依然還在。他是個虛弱的小
傢伙，有幾根稀髮，長鼻子，小鬍子，戴著一副眼鏡。一九二一年前
後，畫面上的「納稅人」用角質架眼鏡代替了夾鼻眼鏡。「納稅人」不

像「公衆」，前者經常受人擺佈。他可能是一個行將被作爲祭品的以撒
(Isaac)④；他可能是一個身纏繃帶的殘廢人，他正離開民主黨人醫
生診所去共和黨醫生那裡求援解除病痛；他可能是一個划船手，正試
圖把五艘大型的巡洋艦划上廢鋼爛鐵堆；他可能是一個鋸木架，政府
的鋪張浪費正在架上玩蹺蹺板呢！

　　足以令人感到奇妙的是，卡通畫面上的「資本家」套式多年來仍
然是那種不敢令人恭維的樣子。花格子褲子，配以黑上裝和花格子套
裝，在一九一〇年和一九一一年期間，讓位於一套黑西裝或一件黑上
裝加條子褲。白襯衫、大翻領、蝴蝶結領帶（或是活結領帶）和尺寸
不一，四季皆宜的大禮帽長期以來始終被保留在「資本家」的套式上。
他身上珠寶的數目因時而異，有時戴鑽石領扣或別針、鏈扣，甚至在
大姆指和食指上都戴上鑽戒。大約在一九一二和一九一三年，在他的
盛裝上還加上鞋套，他那發亮的黑漆皮鞋總是穿在腳上。有時他嘴叼
大雪茄，手持大拐杖。「資本家」的體形是粗脖子、大腹便便、頭頂透
亮。有時他的手掌被畫得特大，以突出他的貪婪習性。在多數畫面上
「資本家」總是在損害「勞工」或「公家」利益的情況下露齒而笑或
笑容滿面。但在一九一九～一九二一年期間，卡通畫面上的反面象徵
則是「勞動者」，他穿著絲襪衫，滿臉驕氣。

　　社會中堅進行宣傳時，需要考慮的一個策略性問題是，選擇什麼
樣的象徵（如旗幟、口號）和途徑才能引出所期望的步調一致的行動。
可以用不斷重複或不斷分散注意力的手段進行宣傳。由於公衆的多變
的情緒需要，服從的心情、堅持己見的心情，所有這一切會使做群衆
工作的人面臨的任務更加複雜。爲了共同事業，群衆在經過一段時期
的遵紀守法之後，會轉向個人主義和發生其他變化，經過一段時期的

---

④以撒：基督教《聖經》中的希伯萊族長，亞伯拉罕和薩拉之子，雅各布之父。

堅持己見之後，群衆會轉向紀律嚴明的基督教基本主義。這就意味著當傳統社會習慣得到遵守時，反傳統社會習慣就壓下去了；反之，當反社會傳統習慣猖獗時，社會傳統習慣就受到了抑制。被禁止的東西不是被消滅了的東西，因此，在辨別人的多變心情中，要作出突然的改變。

成功的宣傳就是機智地掌握下列心情：

進取

犯罪

軟弱

喜愛

備戰的國家要利用在任何危機中積聚起來的強烈的進取心情。當另一個國家作爲一種威脅出現時，人們用毀滅它作爲報復的衝動就會油然而起。不過，這種衝動不能表現得淋漓盡致。因爲它們一部分被隱藏起來了，一部分被抑制住了，但是不論如何，它們總是有助於人們精神生活趨勢和格調的變化。受抑制的衝動能量可能通過各種渠道發洩出來，不過一部分群衆很可能利用最原始的渠道。妥善處理內部緊張情緒的基本方法之一，就是把矛盾轉向對手。此方法把自我衝動當作一種環境屬性來解決內部的感情難題。一個認爲外界比實際內部感情更具破壞性的人，是不會承認個人報復性破壞的絕對強度的。把報復性的破壞歸罪於他人的做法，其目的是把殺氣騰騰的衝動加以「道德化」。因此，就把「他人」這個象徵說成是詭計多端、背信棄義、含有惡意的「權勢」。

根深柢固的罪惡感情也能投射向外界。敵對的衝動會引起一種罪惡感，因爲社會對每個人從嬰兒期、幼年時期到少年時代就進行了要遏制狂怒的教育。由於對自我憤憤不平，一場破壞性的災難眼看就要出現時，要設法控制，用遷怒於仇敵的「不道德」辦法以轉移對自我

的指控。

怒火中燒會產生死亡和肢體傷殘的嚴重恐懼，(用精神分析學的術語來說，這在某種程度上是「喪失精力的焦躁不安」)。這種深怕現在和將來自己的權力孤立無援地被人削弱的恐懼感，以及有朝一日要忍受下屬的侮辱的擔憂心情，也可以通過把矛盾轉向外部對手的辦法使自己平靜下來。因此，要宣傳：不是我們自己，而是我們的敵人行將失敗，我們必勝。

危機提昇時，「國家」常是眾目睽睽的中心。有關國際摩擦的新聞和謠言修正了人們日常生活中的注意焦點。所有目光都集中在「我們」這個象徵（即祖國）和近鄰的「他們」這個象徵（即鄰國）的命運上。拋開對外國人的愛戴和尊敬，換上了對集體的「我們」的愛戴和尊敬。受到威脅的意識增加了愛祖國愛人民的需要感。國家這個象徵就被重新定義爲：既守護又寬容，且強大又智慧。

當戰爭宣傳針對中立國時，那麼宣傳的任務是：引導中立國的當權派把我們的敵人看作是他們自己的敵人，把我們的事業看作是他們自己的事業。同樣的，對那些站在觀望立場的國家，要給它們提供有效的機會，使它們變成戰爭的參加者，這時，宣傳的任務算是完成了。例如，受寵於上帝的美國的「協約國」，其目標直指從「流血中的比利時」戰地「收養一個孤兒」。一九一四～一九一七年英國在美國的宣傳之所以是明智的，是因爲其宣傳多半是在秘密狀態中或私下裡進行的。英國利用同個人接觸，以及盡一切可能依靠美國全體人員和物質資助進行宣傳。某些德國間諜則自作主張，拋頭露面，惹人注目，因此，他們得不到人們的信任。作爲古代宣傳史的一部讀物，它向人們指出，尤里庇得斯（Euripides）⑤的劇作之一，是一齣宣傳劇，寫作目的是促成阿各斯（Argos）⑥反對斯巴達（Sparta）⑦；這個劇本的首演式是在阿各斯，而不是在雅典（Athens希臘首都）舉行。劇本中的皮

里歐斯（Pelaus）可以使人回想起那個沉溺於毀謗古斯巴達婦女的高談闊論的人。

當宣傳工作針對自己的盟國時，應該把主題放在：我們在戰爭中竭盡全力，我們衷心支持盟國所抱的參戰目的。

在敵國的宣傳，主要的目標應該是：把仇恨轉向另一個敵人，或者把仇恨轉向內部，以此挑動內戰或使之爆發一場革命。一個國家的不穩定現象的起伏情況與宣傳效果之間的關係，可以從第一次世界大戰期間德國士氣的往事中找到例證。當德軍的進攻在法國馬恩（Marne）和堅不可毀的戰壕面前遭到挫折後，德國前線和後方那種狂熱的自信心和熱情就開始減弱了。他們自詡向巴黎（Paris）光榮進軍的口號不能實現了。頭腦比較簡單的士兵們曾渴望在聖誕節離開戰壕回家。但是直到在國內遭受食品匱乏之苦，多數德國人才產生不滿情緒。一九一五年十月，德國外交部新聞處處長指出，士兵妻子的抱怨影響了前線的士氣。一九一六年夏季，德國士兵的家信開始反映了凡爾登（Verdun）周圍地區的嚴重傷亡所造成的影響。在德國「暈頭轉向」（Schwindal）一詞開始常被用來表示戰爭。而法國的索姆（Somme）給人的一種印象是，協約國的人力和物力不會耗盡枯竭。一種危險的、孤注一擲的精神開始冒頭了，官兵間的鴻溝明顯地擴大了。從一九一六年底到一九一七年初，因為生活必需品的匱乏，被人們譏笑為「蘿蔔的冬季」，給後方增添了蕭條景象。一九一七年夏天，有關戰爭目的這樣的問題被人們議論紛紛，大叫大嚷地要求祖國黨（Vaterlandspartei）進行大合併，使他們自稱的戰爭的目的僅僅是為了防禦這樣的印象不攻自破。德國前線士兵還對軍火工廠工人拿高薪，

⑤歐里庇得斯：公元前四七九～四〇六，古希臘悲劇作家。

⑥阿各斯：希臘東南之一古城市。

⑦斯巴達：古希臘最重要的城邦之一，以尚武著稱。

軍火商攫取高額利潤表示不滿。

德軍在弗蘭德斯（Flanders）連續戰鬥了三個月之後，因被俘而損失的人數劇增。此洩露內情的記錄透露，士氣低落現象在迅速蔓延開去，直到戰爭結束。當德軍從東部戰區調往西部「墳場」時，有時，紀律問題已成爲極端的難題，其部分原因是由於德國最高司令部決定對一九一八年在西線發動一次大進攻作孤注一擲所引起。然而，早在六月初，德軍顯然正在瓦解，七月，困難至爲明顯，開小差的，犯膽怯病的以及公開違令的比比皆是。八月，是德國官兵普遍感到冷漠、絕望，對什麼都不感興趣的一個月。戰爭結束前幾個月裡，有七十五萬到一百萬士兵成功地從奮戰中撤退下來，還有許多士兵留在前線消極抵抗。那些心甘情願在前線繼續作戰的士兵，開始被他們的夥伴諷爲「罷戰的破壞者」和「延長戰爭者」。

德國盧登道樂夫將軍（Ludendorff）⑧在一九一七年夏天首先注意到協約國的宣傳力量。一九一八年，從德國前線士兵的家信中、在軍車上無意中聽到的談話和從最高司令部的情報官員的報告中，出現了協約國使用的宣傳用語，如「普魯士軍國主義」、「大日爾曼」、「嗜血成性的凱塞」和「德國年輕貴族」等詞彙，協約國的宣傳工作者使用這些詞彙構成了對他們的威脅。德國士兵們懂得了「共和國」這個詞的概念，因爲法國人答應給所有高呼「共和」這個詞前來投誠的德俘或開小差的士兵以特殊的待遇。一些社會主義領導人自一九一四年放棄國際主義甦醒過來之後，激進的社會主義宣傳在德國境內又流行起來。一九一八年，從東部戰線轉移到西線的德軍，曾常同布爾什維克戰士親善交往，傳播戰爭的革命意義。

---

⑧恩里奇·盧登道樂夫：一八六五～一九三七年德國將軍，第一次世界大戰時任德國總參謀部總監。

　　協約國的對內宣傳不斷強調的主題是：最終擊敗德意志和鼓勵實現有別於社會革命的政治革命。在著名的「沒有武器的戰爭」中，利用傳單達到驚人的程度。據說，有六千五百五十九萬五千份傳單像雪片一樣飄落在德國前線，其中，法國散發了四千三百三十萬份，英國一千九百二十九萬五千份，美國人三百萬份。德國最高司令部試圖保衛自己，答應給交出傳單的士兵一份獎金。結果協約國散發的傳單有六分之一實際上被德國士兵上交給了他們的軍官。德國人也試圖配合在國內開展特別的宣傳，對協約國進行猛烈的反擊。他們給西線士兵散發了二百二十五萬三千份阿爾丹新聞報 (Gazette des Ardennes)。

　　革命的目的是要把自己的意志強加於敵人作爲一種手段，這猶如戰爭的目的要達到對敵人實施高壓統治一樣。革命宣傳要選擇一些象徵(如旗幟、口號、目標等)，估計是能淡薄群衆對現存統治當局的象徵的感情，轉而愛戴革命的象徵，指引群衆把敵意轉向現存統治當局的象徵。這是一個遠比戰爭宣傳中所碰到的心理問題更爲複雜的問題，因爲在戰爭中國家的軍事力量是循著熟悉的規律被耗盡的。大多數參加革命的人必須面對一個良心危機問題。統治當局對其統治區內長大的人們進行良心定形化宣傳教育，以使其統治堅不可摧。因此，大革命就是要人們無視感情，而這些感情是被乳母、教師、監護人和雙親按照各種「公認合格」的表現渠道培養起來的。革命就是同良心決裂。

　　革命宣傳的心理作用，如同戰爭宣傳一樣，是要掌握進取、犯罪、軟弱、喜愛等四個方面的心情。比如，馬克思主義通過譴責「資本主義」掠奪成性，以促進它的進取計劃。馬克思主義通過指控資本主義是戰爭災禍、貧窮、憂愁和疾病的根源，以助長罪惡感投射。馬克思主義贊成熱愛「社會主義」和「無產階級」的計劃。馬克思主義通過斷言資本主義社會必敗（因它自身就孕育著革命的種子）來推行它的軟化計劃。因此正如本文作者在另一篇文章中所說的，「辯證唯物主義

把個人偏愛解釋爲宇宙的歷史，把個人的願望拔高成爲宇宙的必然，把宇宙按照所希望的模式加以改造，把整個象徵揉合在一起來完善已失去戰鬥力的自我。從來還沒有任何一個競爭性的象徵主義曾經達到過如此具有強迫力的、精確而系統的說明的高度。」

部分革命運動是由一個領袖領導，他是爲了消滅那些與近代世界革命運動有關係的人們而戰鬥。例如，義大利法西斯運動和德意志納粹運動，都是好戰的、排外的和倡言國家主義的。不管他們借用多少象徵(即旗幟、口號等)，或借鑒多少近代世界革命模式的經驗，他們還是要對其盜賊行徑掩飾，對提供消息者憎恨。

德國納粹主義在馬克思主義、凡爾賽和約⑨、威瑪政府⑩、道斯計劃⑪這些較小的魔鬼後面，視「德國猶太人」爲一個統一的魔鬼，這是容易理解的。但在義大利，除了在某些場合圖謀提高猶太人的可用性，把他們當作德國煽動家的目標外，類似的群衆運動沒有利用猶太人的問題。關於這些因素與象徵的作用關係將在下文中舉例說明並作進一步分析。

在德國，極少數的猶太人是銀行家、商人和自由職業者，他們傾向於以蔑視的態度對待虐待猶太人的行爲。沒有猶太無產階級集團在工人群衆中製造親猶太人的逆火。總之，猶太人人數之多易被人們憎恨；但人數不多又不足以作出有力的反擊。傳統反猶太主義的堅實背

---

⑨凡爾賽和約：全稱「協約和參戰各國對德和約」。第一次世界大戰結束時，以美、法、英、日、義等戰勝國爲一方和以戰敗的德國爲另一方，於一九一九年六月二十八日在巴黎西南凡爾賽宮簽訂。

⑩威瑪：德國城名。一九一七年德國在此城制訂了「憲法」，稱「威瑪憲法」，一九一九年建立德意志共和國時採用「威瑪憲法」，故得此「威瑪共和國」之名。

⑪道斯計劃：第一次世界大戰後協約國提出的德國賠款計劃。因由美國經濟學家道斯(Dawes Charles Gates) 策劃制訂，故名。

景可以無虞地被潤色和利用。

反猶太主義提供一種發洩對富有者和有成就的人的仇恨，而無需支持無產階級社會主義者的機會。反猶太主義者向人們宣揚：社會上的膿瘡不是「資本主義」，而是「猶太人的投機活動」。一些德國猶太人是赫赫有名的國際銀行家，因此，他們的權勢爲他人連篇累牘的誇大其詞提供了一個衆所周知的堅實基礎。較小的商人、自由職業者以及小官吏都可以攻擊這個「體系」，無需把他們自己「降級」到「無產階級」的地位。

即使是中產階級對無產階級的憎恨，也可以用猶太人這個象徵將其分解。從而，那些拋棄了「猶太敎義」的十足的德國工人得到了寬恕；而那些依然不變的猶太人，「赤色分子」和「馬克思主義者」卻被消滅了。

貴族憎恨現代工業資本家所帶來的後果，也可求助於猶太人將其分解。令人討厭的特徵顯示出國際猶太人的金融效益，而不是社會制度的內在特性。因此，同資產階級分子的合作是可能的，把近代經濟變化所引起的怒火，引向風馬牛不相及的替罪羊（即猶太人）也是可能的。

反猶太主義是削弱職業尤其是在從業人數過剩的醫學、法律、哲學、科學和新聞等領域裡競爭者力量的一種手段。

反猶太主義也是爲村民反對都市化消仇解恨的一種重要手段。農村同大、小城市之間鬱積著的矛盾每每表現在文化上。城市是新鮮事物和駭人聽聞的消息的匯集地，因爲新事物一直威脅著舊道德、舊禮貌和舊情趣的比較守舊的準則。城市典型人物是反對社會傳統習俗的先鋒，猶太人就是城市的典型人物。但是佛洛伊德 (Freud) ⑫曾否創

⑫佛洛伊德：一八五六～一九三九年，奧地利心理學家和精神病醫師，精神分析學派創始人。

建了誹謗資產階級的精神分析學呢？馬格納斯・赫希弗爾（Magn us Hirschfeld）曾否出來維護性變態的典型人物？猶太作家、演員、畫家曾否對「有教養的布爾什維克主義」顛覆狂有過貢獻？

　　由於戰爭、封鎖、通貨膨脹和緊縮通貨的壓力，德國需要一個巨大而合理的稅收，而群眾屈服於性和財富的「誘惑」，企圖擺脫笨拙的良心「淨化」，幹著逃稅、漏稅的勾當。對這些人來說，猶太人是獻祭的以撒。的確，整個十九世紀人們目睹民族主義非宗教迷信思想的發展，它為宗教的日益衰弱的吸引力提供了一個替身。然而，宗教信仰的衰落留下了犯罪的遺產，它可以被人們用來攻擊基督教的傳統敵人——猶太人。

　　顯然，在德國，猶太人可以用作毫不相關的感情衝動的一個目標，比之任何別的形象更為有用。農村對城市的憎恨，貴族對富豪集團的憎恨，中產階級對體力勞動者的憎恨以及貴族、富豪集團對別的階級的憎恨等等均可轉嫁到猶太人身上。德國因經濟上的災難和國際上的受辱所受到的挫折以及道德敗壞的罪行、虔誠心銳減的罪過——這些德國人民生活中的重重壓力都曾有效地在政治活動中加以利用——轉嫁到猶太人身上。

　　總之，人們用各種象徵進行宣傳，而且盡可能用領袖和反領袖人物這樣的象徵進行宣傳；但是群眾感情的強烈程度和群眾行為的大方向和矛頭所指是改變整個事情前後關係的一種事態。

第三章　暴力（Violence）

暴力是統治集團鎮壓敵人和保護自己的一種主要手段。它採用的方式很多。世界上有一批在軍隊裡長期服役的人在政治暴力中失去了權力。

早在羅馬帝國時代大約有三十萬常備軍，或者說每一千個人中就有三個士兵。這無疑是古代最大的常備軍。十三世紀，在歐洲，估計服兵役的人數與上述比例相仿，儘管他們分散在一群極小的公國之中。十七世紀初期，歐洲的人口恢復到相當於羅馬帝國的人口，軍隊的數量和比例都擴大了。拿破崙時期，法國有時每一千個法國人中就有十個現役軍人。十九世紀末，全面和平時期大國軍隊的數量登上了拿破崙時期的這一高峰。世界大戰期間，軍隊的數量不少於人口的百分之十。到一九三四年歐洲常備軍的數量相當於奧古斯都（Augustus）①統治下羅馬軍隊規模的兩倍。

然而，戰爭的延續時間縮短了，戰爭年代與和平年代的比例亦如此，如果不把對未開化人民的遠征計算在內的話。十七世紀，歐洲大國大約有百分之七十五的時間處於戰爭狀態。十八世紀是百分之五十；十九世紀是百分之二十五。如把規模較小的敵對行動也算在內，那麼那些大國幾乎在絕大部分時間裡都在打仗。「即使是美國」，昆西·賴特（Quincy Wright）說，「或許在愛好和平這一點上它可以有點自鳴得意，然而，在它一百五十八年的整個歷史中也只有二十年時間沒有

①奧古斯都：羅馬第一任皇帝。

讓它的陸、海軍部隊在局部戰爭中主動採取軍事行動」。

這些令人驚心難忘的回憶只遮掩一小部分集體暴力行動。一份暴力負債表上還可填進那些在革命和反革命，在暴動中，在因犯罪被判極刑中被殺害的人。實施暴力的專職人員，除了海、陸、空軍人員外，還包括看守、警衛和警察。值得注意的是在有些城市中，如芝加哥（Chicago），私人雇用的警務人員據估計在數量上要超過政府警署的警察。一個囚犯蒙政府強制機關批准，被剝奪了自由。而美國被囚禁的犯人的增長速度比城市人口的增長還要快，從一八九〇年的六萬七千人猛增到一九三〇年的十四萬人。

如果我們把那些使用火器和爆破器材以及熟悉兵器敎範的都包括在內的話，那麼暴力的作用看來甚至比上面所指出的還要大得多。如果我們把時有發生的那些未被提交法庭審理而在私下了結的暴力事件再加進去的話，那麼數字還要大得驚人。

顯然，暴力作爲一種獲得權勢的算計手段，取決於對暴力行爲發生的前因後果中的詳情細節進行清楚的評估。不能簡單地把暴力手段都說成是所有災難的根源。暴力只是爲了達到某種目的所使用的手段，而不是目的本身。然而，愛用殘暴手段竟會如此收效嗎？不論是用使人滿意的直接方式或用反作用過強的軟弱的間接方式，有理的愛用殘暴手段不會那麼卓有成效，要知道合乎情理的暴力也會遇到重重困難。作爲對喜歡搞任意破壞者的一個警告，古典的暴力評論家們曾經強調過暴力作爲一種手段所起的作用以及它的特殊危害性。

公元十五世紀，中國有一本古典軍事著作《戰國策》（*Book of War*），書中警告說，要限制使用暴力。

「如今，是進行戰爭競賽的天下：那些曾贏得過五次勝利的人們打得筋疲力竭了？那些贏得過四次勝利的人們已一貧如洗；三次得勝

者取得了統治權；獲勝兩次的人建立了一個王國；一次得勝者建立了一個帝國。」

「多次取勝在地球上取得政權的人寥寥無幾，而失去政權的倒屢見不鮮。」

克勞塞維茲（Clausewitz）曾用一個公式爲當代專家們表達了他對戰爭的政治觀點。他在發表這一著名的理論時說：「戰爭祇是用別的手段使政策繼續下去。」克勞塞維茲曾擔任過普魯士軍隊的參謀，他身經百戰，閱歷甚深。使他記憶猶新的是：敵對雙方絕非祇有採取純軍事行動，即完全訴諸武力才能解決問題。是否需要採取軍事行動要經過深思熟慮，尤其要考慮手中掌握的集體力量是否強大到足以能夠取勝的程度。因此戰爭還是很少發生的，即使發生了，那也是「實實在在的戰爭」：這不過是在改變忠貞、信心和希望等信念中的一種裝飾品而已。

根據整個政治形勢來確定軍事目的，這在美國的南北戰爭中已經表現出來了。聯邦政府的政治目的是要阻止南方聯邦脫離美利堅合衆國。南方聯邦的政治目的是獨立。北方在軍隊數量上和物質資源上佔有巨大優勢，而南方從不想征服北方。整體的戰略是持久的抵抗，俾以讓北方相信，爲了迫使南方留在美利堅合衆國內而付出的代價是不值得的，而且外國還會出面干涉並支持南方。

羅伯特・E・李（Robert E Lee）將軍企圖用把戰爭蔓延到北方的做法來個一箭雙鵰。他那從一八六二年至一八六三年夏季的戰略是以攻爲主。當他於一八六三年七月在蓋茨堡（Gettysburg）②被擊敗後，他不再擁有繼續執行進攻政策的實力，同時外國不會介入的局面

---

②蓋茨堡：美國賓州（Pennsylvanin）南部一歷史名鎮。南北戰爭時南軍於七月一日至三日於該處被北軍擊敗。

已日趨明朗。他現在的策略是防禦，目的是要消耗北方的力量和耐性。北方，像英國人同波爾人 (Boers) ③在南非的戰爭一樣，只有擊敗敵軍並佔領了敵人的絕大部分領土才能達到目的。

　　許多論戰略的著作所概括的戰爭原則，強調暴力行為及其前因後果之間的聯繫。「安全原則」強調要保證確信使在執行任務的那些人的行動全過程必須嚴格保密的重要。

　　陸軍少將 F・莫里斯 (Maurise) 爵士指出，美國國內戰爭一八六二年首次戰役失敗的部分原因是由於忽視了這個安全原則。聯邦國家部隊司令麥克萊倫 (Maclellan) 在維吉尼亞州 (Virginia) 前線有十八萬名士兵。南部聯邦的支持者有七萬一千人用來保衛維吉尼亞及其首府里屈蒙 (Richmond)，聯邦國家部隊在他們進軍里屈蒙的前一年，在布爾溪 (Bull Run) ④一仗中受挫後潰敗了。春季，少數公路很壞，麥克萊倫計劃對海域進行控制，並把他部隊的較大一部分力量秘密轉移到離里屈蒙不到六十英里的約克敦半島 (Yorktwon) ⑤。林肯總統批准了這一戰役的計劃，並明文規定，為了華盛頓 (Washinton) 的安全，必須採取適當措施，因為華盛頓同維吉尼亞之間祇隔著一條波多馬克河 (Potomac River, 自美國西維吉尼亞流入乞沙比克灣 Chesapeake Bay──譯注)。

　　麥克萊倫將軍沒有把他的軍隊調到約克敦半島去的真情呈報總統，也未向總統說明他採取這一措施是為了保衛華盛頓。他甚至沒有弄清楚，已受命去指揮保衛華盛頓戰役的沃茲沃思 (Wadsworth) 將軍是否對他本人所擁有的軍隊數量感到滿意。他祇是簡單地向陸軍部遞交了一份留守在後方的部隊花名冊。

③波爾人：非洲南部的荷蘭人後代。

④布爾溪：美國維吉尼亞東北部之一溪流，為南北戰爭時名戰場之一。

⑤約克敦半島：美國維吉尼亞洲東南一村鎮，美國革命勝利時華盛頓在此接受英軍之投降。

　　林肯總統命令一個軍事委員會去查詢他的保衛首都安全的指示是
否已經執行。沃茲沃思將軍說他部下的軍隊無論從數量上或是在質量
上均不能勝任。於是，總統就下令麥克萊倫部隊由麥克道爾
(McDowe-ll)將軍指揮的第一軍團留在維吉尼亞北部，掩護華盛頓。
麥克萊倫的態度引起了總統的懷疑。五月二十五日，斯道沃爾·傑克
遜 (Stone-wall Jackson) 將軍帶著一萬六千名士兵擊潰了駐紮在謝
南多亞峽谷 (Shenandoah Valley) 的守軍班克斯 (Banks) 之後，
缺乏信心即刻變爲驚恐不安。華盛頓的驚慌失措導致了從麥克萊倫處
調集更多的軍隊跟蹤傑克遜作了一次徒勞的追擊。

　　麥克萊倫和他的朋友們認爲總統的罪過是失信和過分膽怯，但總
統覺得他肩負著保衛國民政府城堡的重任，對持有保留態度，看上去
難以捉摸的將軍的可靠程度加以懷疑是完全正當的。麥克萊倫的失敗
在於他對整個行動計劃缺乏周密的考慮；他忽視了去堅定協作者在執
行計劃中必不可少的自信和必勝意志。

　　有效地使用暴力意指在整個行動計劃中要把破壞要害部門奪取優
勢放在首位。許多軍事原則提醒將軍們和統治者們要認識到仔細考慮
任務的全部過程，選擇具體實施地點以防萬一的重要意義。因此，要
強調「經濟實效」、「合作」、「進攻」、「運動」、「出人意表」和「集中」
等是達到最終目的的方法。而且，也要認識到，充分估計到因外來的
干預可能造成失敗或勝利果實有可能被奪的重要性。回顧過去，很明
顯，德國最高司令部忽視了美國在歐戰中具有巨大的潛力。另一方面
大不列顛採用了禁止黑人逃入北軍戰線的法令和做法藉以平息美國的
憤怒。

　　爲了尋找優勢，每一個機靈的戰略家夢想進行一次十分突然和破
壞力極大的進攻以迫使敵人措手不及和無力抵抗。這種進攻被貼切地
稱作坎納 (Cannae) 之夢。原來，坎納是指公元前二一六年羅馬人和

迦太基 (Carthaginians) 人之間在阿普利亞 (Apulia，意東南部行政區) 的戰爭。漢尼巴 (Hannibal) ⑥的一支小軍隊以騎兵從側翼堵截敵人，並把他們團團圍住，最後把古羅馬軍團的八萬五千名士兵打得落花流水。不是天賜的潛在優勢，而是具體的實際優勢才是行之有效的戰略目標。著名的施利芬 (Schlieffen) ⑦計劃正是建立在這樣的概念的基礎上的。儘管實力不強，但該計劃在一九一四年幾乎把德國引向勝利。施利芬把整個德國軍隊的三分之二（七十二個師中的五十三個師）兵力集中到前線右翼這個點，打算越過比利時和法國北部向巴黎進軍。他試圖增強右翼的戰鬥力，使用了最新的戰爭武器，重型榴彈砲和機關槍，上述武器是由軍隊為了消滅漢尼巴特種騎兵團秘密存放起來的。在擊潰了主要敵人——法國之後，施利芬打算把矛頭指向東部的俄國。但是由馮‧莫爾特克 (Von Moltke) 從右翼調集的兩個兵團未到，因為這兩個兵團正在通往比利時和法國北部的道路上勝利行進呢！可是此舉卻足以阻礙了勝利的實現。這兩個軍團是被派往東部戰線以減輕有權勢的年輕德國貴族的故鄉東普魯士的壓力的。

　　今天，戰爭的新裝備，如飛機、毒氣促進了野心勃勃的暴力專家們想像力的發揮。能否把大量的飛機和毒氣彈事先秘密地運至一個地方儲存起來準備打擊最強大的敵人，在幾天或幾小時內迫使敵人投降，使勝利者再反過來對付較弱的敵人，或者有可能去粉碎內部的叛亂？一般說來，技術高於一切的誘惑為人們鋪設了一條通向失望的道路。這已引起了人們對機械地細節的關注，但卻忽視了整個形勢的更棘手的心理和社會方面的問題。

　　暴力的成功取決於對整個行動的其他重要方面，諸如組織，宣傳，

⑥漢尼巴：公元前二四七至一八三，迦太基大將，曾對抗羅馬及入侵義大利。

⑦阿爾弗里德‧馮‧施利芬伯爵（一八三三～一九一三），德意志帝國總參謀長，第一次世界大戰前德國閃擊戰計劃制訂者，故稱作施利芬計劃。

情報等部門的配合。因爲，從整體上來說，脫離聯邦的要求通常發生在從國家中分化出來的那些人所居住的國內一部分地區。推遲大規模暴力行動的到來常常是可能的，直到在一個政府內部又成功地建立起另一個政府。

馬其頓地下革命組織 (IMRO,即Interior Macedanian Rovolutionary Organization) 過去是現在也還是這種在一個政府內部的政府。該組織是在一八九三年由一群馬其頓靑年教師建立的。它的目的是用群衆鼓動的方法迫使土耳其根據柏林(Berlin)條約第二十三條的保證，承認馬其頓自治。它承認所有的馬其頓境內之人，不論是塞爾維亞 (Serbian) 人，希臘人，羅馬尼亞人，土耳其人，猶太人還是保加利亞人。一九〇三年馬其頓地下革命組織曾發起一次暴動，雖然這次暴動被土耳其粉碎了，但它加速了歐洲人的干預。直到一九〇六年，國內馬其頓革命組織的最高司法機構才批准了一部憲法。「馬其頓人的馬其頓」，「發展不是革命」，這是當時的主要口號。地方委員會通過普選產生；每個委員會派若干代表到一個人造絲織物委員會任職；這個委員會上面是好地毯委員會 (Okrug Committee)，相等於土耳其的一個省。好地毯委員會選派四十七名代表到正式的總議會，總議會選出由三人組成的中央委員會。另一個機構由中央委員會任命，它代表組織從外國購買武器和彈藥。沒有授與個人終身的權力。由於土耳其政府的垮台，馬其頓地下革命組織接管了法庭，鎮壓了盜匪，維持學校正常秩序。軍事組織執行法院的法令，一支秘密的鄉村民兵隊伍待命處理緊急事件。

馬其頓地下革命組織的情況是很特殊的。經濟和外交組織遠非健全，尤其在革命運動中很少有可能把那些志同道合者組織起來站在暴力行動的前列。因此，一般來說，成功的暴力相對來說更需要依靠宣傳作適當的配合。革命暴力的成功依靠把群衆性的不滿危機和發動政

變結合在一起。政變可派一支人數不多的，裝備精良，訓練有素的突擊隊去執行；暴力行動要想取得忠誠的同情份子的支持和在整個執行過程中得到群眾的支持就要依靠危機發生前的長期的宣傳準備。

這種宣傳準備工作特別需要設法爭取大部分軍警的支持或使他們士氣低落。由於事變性質的特殊，革命力量的裝備肯定不足。所以，二千名突擊隊在廣東發動的一次起義中祇有二百枚炸彈和二十七枝左輪槍。在上海，六千名起義者祇有一百五十枝槍。一九二三年，在二十五萬名德國無產階級戰士中，祇有數百人有武裝。因為剛起義時迫切需要奪取武器，因此把力量滲透到秩序井然的部隊中去是至關重要的。一九一七年的俄國革命，就是在彼得格勒 (Petrograd) 親布爾什維克的衛成部隊中進行了極好的宣傳準備。

由於在革命起義中組織起來的隊伍都是些相當缺乏經驗的戰士，而他們又是在情緒十分緊張的情況下積極參加戰鬥的，因此起義必須考慮能速戰速決。在一九二三年的漢堡 (Hamburg) 起義中，周密的計劃使突擊隊在幾個警察所制伏了在那裡的警察，奪得了武器。稍後，工人機敏過人地在坦克到來前挖掘了深溝，設置了路障，切斷了幾輛令人畏懼的坦克的去路。

要求群眾合作就要仔細選擇起義的時機以適應心理上的契機。在雷維爾 (Reval)，起義領導人甚至在工會主席特朗布 (Tromp) 在起義前三天被槍殺的情況下也未能煽動群眾抗議。因此群眾不確知形勢發展，猶豫不決，不敢進攻。彼得格勒布爾什維克政變的成功部分是由於製造了一種眾望所歸的空氣。標語和報紙經常問及群眾如何奪取政權的問題。最後的起義及時抓住了當時第二屆全俄代表大會會議正在彼得格勒召開的契機，因該會可迅速組成一個臨時政府。這甚至不需去發動一次總罷工。

當期望達到的結果同完成的直接的實際結果相差甚遠時，暴力行

爲就變成了「行爲的宣傳」。一次暗殺行爲就是一例。合法當局反覆考慮用暗殺手段製造恐怖，在相當程度上減少了它對用這種方法達到效果的冷靜分析。暗殺很少被看作是孤立的行爲，這在都柏林(Dublin)總督金伯利伯爵(Lord Kimberley)接到的一封廣爲人知的信中已有表示。

信的一開頭就說：

「我的伯爵，明天我們要在基德爾街角 (Kildare Street) 處殺死你，可是我們想讓你知道，這裡並沒有個人的恩怨」。

「行爲宣傳」的適當的目標是某些人物，他們的失敗會引起敵人的恐慌，會削弱擁護現行制度的人的意志的統一，或者是一種施行暴虐的官員，爲了促使人們脫離聯邦或爲革命服務，不斷挑起他們對現政權的怨恨，給與他們暫時的重新做人的希望。有時一次暗殺行動意欲表明潛在的抵抗，意欲消滅無敵的傳奇式人物，意欲煽起群眾性動亂。

但現在有理由可以斷定，有選擇的暗殺是爲了革命宣傳，其目的是達不到的。一八七九年在俄國形成的「人民的意志」是依賴恐怖主義去煽動群眾。眞正的恐怖主義者通常來自意氣沮喪的貴族家庭，他們傾向於把個人的浪漫主義作爲反抗社會的一種手段。農民沒有起來；因此恐怖主義者的伎倆聲名掃地了。

不管怎麼樣，在對反對把暗殺作爲宣傳的一種手段作判斷時，必須確定一條重要的界限。民族主義的志氣就是用甘願去作暗殺和敢於犧牲的精神進行激勵的。外國對處於統治地位的領袖人物的對抗就是由於這種惹人注目的行爲成了一個焦點。外國領袖人物可以趁機進行干涉。至少，在一九〇三年當國內馬其頓革命組織用經常暗殺政府官員的手段奮起反對土耳其時這種情況便發生了。

　　顯然，現行制度的攻擊者和保衛者把暗殺當作把自己嘲弄爲危險人物的一種手段，這常常是很恰當的；但是爲了宣傳考慮用這種手段情況就不同了。

　　在恐怖行動中，如暗殺行動，宣傳的目的性是至關重要的。人們選擇公開的行動是要製造最大可能的心理影響。恐怖行動必須是無情的和突然發生的。迅速地消滅一些敵人可以麻痺對方和在以後拯救許多人的生命。行動保密是很重要的；因此捕人要在晚間，幾周，幾個月不得向親友透露消息。一九一八年在敵人企圖暗殺列寧 (Lenin)，以及在一九三四年行刺基洛夫 (Kirov) 之後，蘇聯當局卓有成效地運用了恐怖手段。

　　人們普遍認爲暴力與情報的協調關係十分重要，且不亞於與組織的關係。第一次世界大戰期間，有許多出色的範例：關於敵人武裝力量的重要情報如何贏得了戰役的勝利或者避免了損失。一個在俄國鐵路部門工作的間諜，在戰爭的頭兩個月讓在東普魯士的全體德國參謀人員瞭解到俄國戰地密碼，使馮・興登堡和盧登道樂夫充分利用倫尼凱普夫 (Rennenkampf) 將軍同薩姆索諾夫 (Samsonoff) 將軍之間配合不密切這一情報的優勢，在馬祖里湖 (Masurian Lakes) 戰役中一舉獲勝。

　　由於缺乏足夠的情報，使英國海軍上將德羅貝克 (De Robeck) 率領的英法地中海艦隊遭受轟炸而不得不從達達尼 (Dardanelles) 海峽撤退。肯定君士坦丁堡 (Constantinople) 已經淪陷，土耳其人讓一輛滿載政府檔案的火車準備駛離時，使人震驚的消息傳來：協約國的艦隊已經撤離。

　　一九一七年，由於指揮員殘忍地逼士兵連續不斷地進攻，法國軍隊的士氣受到了嚴重的挫傷，結果在某個防區發生了兵變。在前線的一個要道被少數炮兵和地雷工兵幾乎控制了一整天；但德國人沒有及

時發現這一情況，去利用這一入口。

　　重要的情報往往被最高指揮部忽略了。有人對接到的關於協約國軍正在準備一次坦克進攻戰的報告表示懷疑。在坎布雷 (Cambrai) 初戰慘敗後，德國專家們發現了他們距毀滅性的失敗已非常接近，於是就發動了一次較大規模的攻擊。

　　反間諜活動要竭力暴露敵人的間諜，並且常常在該次戰爭中取得巨大的成功。英國間諜發現了德國間諜網已在大不列顛形成，因此所有情報都是通過這一渠道發送出去的。跟蹤較小特務，順藤摸瓜便可把全體德國參謀揭露出來。一九一四年，戰爭一爆發，他們很快被監禁了。對敵人情報的干擾做得如此出色，直到八月二十三日，馮·克盧柯 (Von Kluck) 將軍向蒙斯 (Mons) 進軍時，對全部十萬人的英國遠征部隊已等著他的到來全然不知。

　　革命暴動的最後付諸實施，必須要以正確的情報爲基礎，瞭解需要攻取的要害部門，制訂一個周密的計劃。這就需要仔細調查該城市中武裝力量的佈防情況，軍火庫和彈藥庫的所在位置，參謀，衛隊和監視哨的所在地；研究最高司令部的電報，電話，無線電和其他通訊機構，制訂控制或破壞它們的最佳方案，瞭解官兵之間的緊張關係以及他們對待革命綱領的態度。

　　關於警察部隊和城市主要的公共服務設施，如通訊，交通，水電，照明，煤氣，橋樑和溪流，主要通道和廣場，敵方報紙編輯和出版商的住址，政府首腦，私營工業巨頭，銀行家以及權勢人物的住址，監獄的位置和釋放犯人的可能性等等詳細情報均應掌握。

　　對當地情況瞭若指掌乃起事革命份子的一項資產。眞正的革命形勢被選定時，群衆的起義就有拚死到底的精神和高昂的士氣兩重優勢。熟悉了當地的地形，廣大人員就能很好地利用它隱蔽，狙擊，突襲，迅速逃遁。當地的警察對當地的情況也瞭解得很清楚，但他們可能受

到突然襲擊而殲滅。步兵在巷戰中不太熟悉地形，通常習慣以較大的分隊前進，似乎隊列越整齊，作戰就越有效。事實上，小部隊可以離開他們的指揮官獨立作戰，並被爭取到革命一邊去。

由於在戰爭或革命中執行有危險的行動計劃主要靠執行者的動機和才能，因此對人員的選擇和管理極其重要。忠於領袖的思想和神話是要考慮的首要問題。因此蘇聯的軍隊培養那些工人或小農家庭出身的人，祇有輔助服務部門才吸收舊軍官，教師，醫生，商人或工廠主的子女。德國軍隊主要依靠剛毅不屈，忠心耿耿的農民，在與工廠和城市騷亂有關的軍事後勤部門更是如此。爲了阻止士兵同當地居民之間的密切交往，帝俄軍隊在緊要關頭依靠哥薩克騎兵。奧匈帝國注重混合血統的民族；注重依靠農民而不是無產階級廣大群衆。

革命家們懂得依靠一幫經過挑選，受過鍛鍊的職業革命者而不去依靠一大群朝三暮四的革命生手。這是列寧對革命實踐作出的主要貢獻之一。

由於使用暴力使參加者有面臨死亡的危險，因此向他支付現金是不甚恰當的。所以精神鼓勵比物質獎勵的效果更好。因此，要強調「榮譽」，要盡可能多地運用具有象徵意義的力量的方法──授與嘉獎狀或勳章。這就免去了爲了保持龐大的力量需要支付的費用，且避免過多的沉思花在生還的問題上。爲了培育精神上的光榮感，蘇聯軍隊中規定了十三種不同級別的軍銜。現代化軍隊已開始把授與榮譽和系統灌輸作爲訓練和處罰士兵的一種補充手段。

顯然，善於使用暴力的人要經常把社會上發生的變化解釋成是經過鬥爭後取得的效果。作爲一種武器的毒氣的出現近來改變了現有制度的得益者和反對者之間的力量平衡。政府當局對用大炮殺害全區的男人、婦女、兒童有些猶豫，因爲這種企圖會引起群衆瘋狂地支持革命行動。因此，炮兵部隊得到限令，多半祇能擊毀在巷戰中匆匆建造

起來的路障。當然，騎兵在狹窄的巷戰中實際上沒有多大作用，他們反而成爲狙擊手的一個引人注意的目標。騎兵隊祇能用來對付空曠的廣場上的手無寸鐵的群衆。除此之外，祇能作通訊聯絡。坦克和裝甲車在巷戰中有足夠的靈活性，它們不怕步槍和機關槍的火力攻擊。不過，有時它們可以受阻於炸彈和被路障切斷通路。飛機可以用於偵察，它們的炸彈和機槍火力可以清除一夥夥叛亂者。它們的隆隆聲可以使缺乏有紀律的群衆驚慌失措。

但是正是毒氣成了政府當局手中破壞分散著的反對勢力的一張王牌，而不需要進行大屠殺。不用殺害全區的居民，叛亂者的暴動便可以被制止。不錯，除非事先積聚起供應足夠的毒氣，或者能夠迅速奪得毒氣，否則反對合法當局的巷戰就會成爲枉費心機。但這祇能是暫時的，以毒氣作防身的可鄙手段可能會被識破，戰鬥力的均勢又如同以前一樣。

不論用於戰爭，用於脫離聯邦，用於革命，很明顯，暴力必須從屬於整個行動計劃，作爲整個行動計劃的一部分。虐待過份中的點滴喜悅必將受到權術的懲罰。在可能性有限的世界上，暴力很少是「孤立的」，暴力是爲了在發展的形勢中，達到某些目的的一種手段。對要依靠他們才能使事業取得勝利的那些人的意見必須倍加珍惜。爲了在要害部門尋找進行破壞的有利條件，暴力行動必須要有組織、宣傳、情報等方面的很好配合。特別要注意領袖身邊的私人特務，要注意任何會改變戰鬥力均勢的社會變化的意圖。

第四章　商品 (Goods)

領袖人物 (elite) 利用商品作進攻和防衞，採取的方式是毀壞、扣押和計劃供應。此外還可有故意毀壞或停工；罷工，聯合抵制，黑名單，不合作；定量供應，控制價格，行賄等等。財產的破壞與對一些人使用暴力有著很密切的關係，本章對此將不作專題論述，祇想交代一下對商品的扣押和計劃供應問題。

當一個領袖不能使社會繁榮昌盛時，他顯然會遭到來自國內的攻擊。日益高漲的不安定氣浪，可能噴射出來無情地衝擊著現行制度的象徵和習慣做法。其結果可能是在路易斯安那州 (Louisiana) 的民主黨教區中由湯姆 (Tom) 代替比爾 (Bill) 或者在一個較大的像肯塔基 (Kontucky) 那樣的州裡由共和黨代替民主黨，事態不會再比這更擴大了。不過也可能會發展到在政府中出現革命性的變化，如一九一八年在德國，或像一九一七年在俄國發生的社會組織的革命性變化。在現代社會中，經濟生活的動盪不定早已司空見慣，領袖人物的安全同商品和價格的變化有著特別密切的聯繫，因此我們不得不集中精力研究「經濟」關係的戰略和戰術問題。

指導商品的流通和供應主要有兩種方法。而領袖人物往往試圖兩者兼顧。我們可以把定量供應制度和價格制度區別開來。定量供應制度是把特定的商品或供應為了消費或用於生產進行分配的一種做法。價格制度是對商品的供應的非特定的需求進行分配的一種做法。

現代武裝部隊很廣泛地依賴限量配給。暴力專家可被限量地使用特殊的要塞，衛戍部隊，人口中的某年齡階層，訓練基地，工廠，鐵

路，汽車運輸，飛機，士兵們按量分配到制服，槍枝，食品，連他們的活動時間表也是規定的。

除了物資的限量供應，高級指揮部可以有許多非特定的所有權（美元、英鎊、馬克、法郎），供他們自行處理。一個指定有購買權的單位就是一個非特定的所有權的單位，因爲它有權購買勞動力或物資裝備。

限量供應制度往往被證明是高效率利用資源，尤其在非常時期，最高領導人通常依靠這種方法去控制人民的行爲和態度。平民老百姓可以得到食品卡，憑卡拿取規定數量的特定物品。當然，定量供應制度主要用於對集體行爲的控制，這同它詭稱的目的顯然是兩碼事。比如第一次世界大戰期間，自願食糖定量供應在美國受到了鼓勵。這樣做的目的在某種程度上是爲了節省經常從古巴和菲律賓進口原糖的運輸費用，以及增加食糖的數量並運送給協約國。但是主要目的也許是想把直接支持了戰爭力量的重要意義滲透到美國家庭主婦的日常生活中去，因此，總的來說，是爲了國家。

限量供應制度的最明顯的壞處是可能引起對統治集團成員的普遍不滿。顯而易見，他們要對這種制度負責。慢吞吞的，笨拙的或是無頭腦的行動可能會極大地損害群衆對合法當局的尊敬。有評論這樣說，德國食品管理部門在戰時出版的食譜時常鬧出荒唐可笑的笑話，連許多頭腦簡單的人認定國家代理人一貫正確的信念也遭到破壞。

的確如此，控制價格的方法會受到定量供應制度中許多缺點的影響，勞動力的價格和商品價格顯然是由統治集團的頭面人物制訂的，責任就集中在他們身上。價格的制訂實際上如同定量供應的安排一樣會剝奪個人選擇的權利。如果工薪被價格制訂者訂得非常低，或者商品價格定得非常高，那麼首先就要把錢花在如食品這樣的主要項目上，結果可能就所剩無幾了。也可能用直接或間接稅的方法限制對個人開放的選擇了。捐獻債務的認購非常必要，個人卻受到了嚴重的限制。

　　然而，價格制度猶如一張面紗遮住了社會公衆對商品計劃供應進行監督的眼睛。這樣就減少了官方或非官方統治集團的某些官員成爲群衆發洩不滿的衆矢之的的可能。當許多地位對等的參加者在市場上就價格的制訂進行談判時，價格就像脫繮的野馬跳出了任何有決定權的人的控制。商品的計劃供應像是一種與個人無關的程序的產物，無人對此負責。

　　當自由競爭市場的日常活動順利開展時，一隻「看不見的手」像是在操縱著活動，那集手是一隻無人知道的現實的手，一隻不可能被發現和被人責怪的手，或是不可能被發現和把它切成碎片的手。無所不在的市場「供需律」並非由行政部門頒佈也並非由立法機關通過。此供需律已經爲人們鋪好了一條狹窄通道，在這條通道裡人們走向他們業已注定的命運行程。

　　在地位相等的人中間進行談判的競爭市場不能聲名狼藉地停留在原地不動。因此通過這種「無主的」經銷，商品的計劃供應不能使許多公衆普遍感到滿意。有時那些控制供應（如當地的電話公司）的人看來佔了優勢；有時那些控制需求（如磨粉公司）的人看來在支配交易的條件。大商業和大金融的非官方壟斷大集團的成長成了資本主義國家中的注意中心。因此，怨恨朝著它們發洩。一時間，非官方壟斷集團企圖「推卸責任」給政府，以攻擊政府的統治集團來擺脫他們自己的困境。

　　濫罵政府是現代資本主義國家中私營商業和最有權勢的社會中堅的一種危險的遊戲。濫罵政府逐漸損害了對正式合法權力的尊重，瓦解了在已經確立的制度中默許的習俗。

　　在俄國，解決政府和私人統治集團之間的矛盾的最嚴厲的方法是使私人統治集團垮台。最有效的決定權掌握在共產黨政治委員會的手中。可是對立的觀點固執已見；工會委員們要求改善與農業工作者有

關的工廠工人的生產生活條件；有些人要求進行更多的資本貨物（生產資料）的生產；而另一些人則堅持生產更多的消費品。顯然，社會生活中的政府至高無上未能消滅有關生產上的差別所引起的矛盾。但在蘇聯的行政管理方法已經表明價格制度如何在政府至上的社會中作爲定量供應制度的一種補充，甚至可以代替定量供應制度。商品是用控制價格和定量供應兩者複雜的結合方法進行分配的。通過定量供應，使有可能從「不受歡迎的」商品中扣押有限的供應品，或使他們餓死，或使他們屈服。通過控制價格使有可能把商品納入定量供應制度的軌道。這樣，雞蛋的價格可以確定了。但是如果爲了賺取外幣突然決定把雞蛋傾銷到外國市場去，那麼就可以說現在雞蛋無貨。由於價格和定量供應兩種制度結合在一起所產生的許多複雜因素，常常出現這樣的情況，並排擺著的同樣商品卻有著幾種不同的價格。祇有仔細詢問那幾種是定量供應，那幾種不是定量供應才能使人弄清爲什麼相同商品但價格差別懸殊的原因。在工廠門市部供應的商品價格比「開放」市場要低一些，但工廠門市部進貨可能受到限制（定量）。在出售某些產品的商店裡允許價格相差懸殊。這樣的商店可讓下述人員進入；外國工程師、本國工程師、高級官員和黨員、級別較低的官員和黨員、熟練工人、半熟練和不熟練工人、農民、限額供應的工廠工人或農場工人、不限額供應的工廠工人或農場工人等等，有一張長長的區分供應標準的明細表。

在物資緊缺的危機時期，就可採用這兩種混合的分配制度以有效地防止發生公衆的抗議。商品充足和缺乏是吸引所有人議論紛紛和光怪陸離的話題。布票可以讓「持票人」買一雙鞋子；但在自動售貨店裡沒有鞋子賣呢？食品卡可以給某人買「黃油」的權利，但是「黃油」已缺貨兩周了，也許「人造黃油」兩天前就售空了。把盧布、馬克或里拉積聚起來，伺機在非法市場上牟取暴利是否更好呢？

像焦慮，煩躁的動物一樣，整個國家的人民淪爲被人驅趕的一群憂慮重重的野獸，他們祇關心幾片乾麵包，對一小塊奶油和增加工資等事特別敏感。在資本主義國家的「蕭條」時期，人民對自己的信賴，對共同堅持自己權力的能力和信心減弱了，反覆無常以及增加花費大量時間的官樣文章，施以小恩小惠、小小的處罰造成了士氣低落的後果。

顯然，控制物價和定量供應是任何權勢人物都能採用的方法，不論在蘇俄或在美國。同樣明顯的是，控制物價是「靜水」航行的最安全裝置，但是當不滿浪潮即將襲來時，就要以定量供應作爲補充手段了。

被充分強調的資本主義制度不時發生的情勢之一是從競爭走向壟斷的趨勢，以及破壞對這種制度曾有過好處的「與個人無關的」防衛的傾向。許多壟斷集團也向競爭單位讓步，但歷史的最終傾向是朝著統治集團，不論是政府的或是私人的。這就意味著價格愈來愈受到「行政的控制」〔加德納（Gardiner）語〕，不管這個行政的統治集團是政府的還是私人的，他們在市場上「對手」中間的談判，沒有得出什麼結果。

考慮要解決資本主義社會中存在問題的方法之一是要分析這一事態發展的結果。不景氣時期，行政性控制物價往往維持在高水平上，而競爭中的定價卻一邊倒。在美國，開始蕭條時，工業品的價格比農產品價格的行政性控制更嚴。所以如電話這樣的電氣商品的價格就比較穩定，而農產品往往以低價出售。農民的經濟收入下降時，他就要增加他的產量，無論如何要增產，祇有這樣他才能付稅、付利息以及償還其他經濟上的義務，這種農產品湧進市場的趨勢，促使農產品價格進一步下跌，並限制了農民購買工業品的能力。

是否有可能使既得利益集團和感情利益集團取得一致意見，由他

們來平和地重新調整控制過嚴和過鬆的價格呢?

　　資本主義制度中經濟生活的極不穩定最近從私營商業銀行大量製造的流通媒介物找到了原因。商業銀行懂得如何運用掌握在手中那怕是一小部分的存款來對付債務。一家銀行的一宗十萬美元的貸款是一筆典型的貸給借方的存款。這筆存款增加了銀行的負債; 但這筆外借的債款又以十萬美元的貸方利息增加了資產(可收款), 設想這筆存款不會被立即提取, 銀行可以再把這筆十萬美元的存款的大部分借出去, 這樣就產生了另一筆存款, 又增加了另一筆財產。

　　這種成倍增加的流通媒介的作用是建立一個分散的和金字塔式債權的龐大系統, 這種債權是建築在心照不宣地假設不會同時提款的基礎上的。那就是說, 假定祇有一小部分參加儲蓄的人在存取過程中在某個時候需要現款。當人人都用這種十分嚴肅的資產流動的基本假設去證實, 人人都遵照上述假定行事時, 那麼這種假設不再適用了, 與之相關的整個上層建築將會分崩離析。

　　這些工業和金融資本主義的發展情況曾產生了一些後果, 對這種後果這種制度的早期解釋者, 顯然是毫無準備的。所以有人認爲「儲蓄」和「消費」不是兩個齊步走著的獨立過程, 而是一個接一個的。對一個年收入二千美元的人來說, 看來似乎是可能的。我們可以瞭解一下, 假如他儲蓄了五百美元, 他就減少了五百美元的消費。然而, 哈羅德‧G‧莫爾頓 (Harold G Moulton) 認爲用共同的過程去說明這種想法是缺乏根據的。在用「資本」一詞去統括「器具, 工具, 機械, 工廠廠務, 鐵軌, 發電站以及其他在生產過程中幫助人的具體物質工具」時, 莫爾頓指出, 資本迅速形成時期, 以及消費迅速增加時期, 是齊步行進的, 不是單獨行進的。這就是說資金流向投資市場並不是自動地增創資本設備。莫爾頓的分析表明, 在二十世紀繁榮時代, 儲蓄進入投資市場會使穩定的價格上漲, 而不是促進工廠和資本

設備的成比例的增長。這是由於商業銀行盡最大的可能發放大量的信用貸款的結果。

因此有人建議取消商業銀行並把投資功能同存款分開重建資本主義經濟的常規。這就需要有百分之百的儲備金以防提款或短期存款才能做到。那時投資將代表「真正的儲蓄」。就可期望最重要的不穩定根源將被消除。這一點還不太清楚：在此建議背後，結成聯盟的既得利益集團和感情利益集團將採取什麼樣的聯合行動才能制止政府製造的無約束的諸如流通媒介的直接通貨膨脹政策呢。不過這一建議開始成為美國最近蕭條中的實際政策。

一個與當代經濟不穩定和易變性密切有關的方面是對個人的特殊地位的削弱。當我們說一個封建家庭擁有不動產時，用「擁有」這個詞來描述這種關係是遠遠不夠的。種多少英畝土地，鄉民，僕役，住宅，牲口棚以及車道，在傳統意義上所有這一切都是財富，這些具體財富的大量附屬品由於現代工業和金融事業的發展被小看了。一個今天經營巨大種麥場的人明天可把種麥場出售，改營倉庫、碾米廠或代理商。他可能對順便提到的關於他種的多少英畝土地的繼承人不感興趣。

追求利潤就引起從一項事業迅速轉移到另一項事業去尋找出路。因此債權的流動性就不斷增加。

查明借款或債權假定在較短的時間內是可以轉換的，我們對流動資產的總數可以作出數量上的估計。列為可作交換的股票和債券可以包括在這個計算法內，因為假定普通的商行要組建一個機構，一俟通知馬上要把這些債權變成現款，股票和債券就要換主。銀行存款應該包括在內，因為銀行存款是銀行對存款者的債務，該債務一旦需要或在短時間內即可取回。人壽保險政策中保險單的退保金額通常是在接到通知幾天後辦完手續即可持單提取的。

當變現的數量保持在許可的範圍內，這些名目繁多的準備工作顯然是爲了使流動功能保持暢通無阻而安排的。無論在什麼地方在同一個時期內有人要取走所有的銀行存款，在同一個時期內拋售所有的債券和股票，在同一個時期內繼續借用人壽保險金，或在同一個時期內強迫要回所有的債款或債權，那麼整個結構就癱瘓了。這種功能的中止恰恰是在「大恐慌」中發生的，這些機能失常的嚴重性是同上層建築的複雜性成正比的。

伯利（Berle）和佩德森（Pederson）曾對美國國民財富流動債權的比率作過分析：一八八〇年的流動率是百分之十六，一八九〇年是百分之十五，一九〇〇年是百分之十八，一九一二年是百分之二十。戰爭的十年使比率上升到百分之二十五，到一九三〇年是百分之四十。一九三三年，蕭條的第三年比率是百分之三十三。

這種人與商品關係的巨大變化逐漸損害著個人對財產的特定債權的依附，同時削弱了債權（所有制）和管理部門之間的聯繫。私營企業的早期階段，所有制和管理部門之間有著非常密切的聯繫，這種聯繫很快被削弱了。對非專項收益的延續基數來說擁有的債權常常是更正式的、與個人無關的債權。收入的保證是考慮的主要問題；管理的機會是次要的。因此要求收入得到保證的主張在困難年代廣爲傳播，因此非人格化的商業活動引起了心理上的深深的不安。

資本主義經濟生活動搖不定的狀態在某種意義上來說恰恰是自我毀滅，在這一方面任何災禍都會引起現行政權的醒悟。無論如何，誇大資本主義自我毀滅的傾向將是一種錯誤。甚至動搖是自我安慰也是自我毀滅。在繁榮時期，個人的命運或他的子群的命運看來是掌握在他自己手中的。基礎的不穩定給予事情一帖有些像賭博和犯罪的迷惑劑，說它是一種賭博，因爲成功依靠運氣和本領；說它是一種犯罪，因爲成功部分依靠欺騙。從某種觀點來看，資本主義社會是一次充滿

自信的賭博，因為它以幻想的希望為自己的動力，幾百萬人為了盼望在一種經濟制度中獲得巨大財富而上竄下跳，而這種制度生來命定他們中的大多數人是要失望的。

在繁榮時期紐約股票交易所「股票價格動盪不定」使數百萬人在證券交易中發了財；而整個事件似乎沒有一點真實性。任憑「新時代的男子漢」名聲大揚，但總有一種在緩和使人失望的震驚的難以置信的氣氛。沒有爆發精神上突變，因為人們一直在深深地懷疑那種成功不是一個道德問題，而是運氣，耍聰敏和玩騙術。它是「一場持續的最大騙局」，「一次歡樂的兜風」，「一席上等的宴會」。人們仍然羨慕會做生意的洋基佬，因為他知道怎樣用他的智力去欺瞞別人。這種對相互欺騙的打馬虎眼是資本主義的主要特點。

再有，在繁榮時期受到要有節制地生活，要節約，要辛勤工作的教育的人們，習慣於過著奢侈和放縱自己的生活方式。但他們中許多人永遠也逃避不了先前的道德心。當形勢逆轉時，苦難迫使放棄了它的慾望，為了補償良心的要求，人們忍受著蕭條的痛苦。

也是在繁榮時期，人民用蕭條時期與有效的革命行動不一致的做法和想法取得了「勝利」。一個人要獲得成功就要堅信自己的計劃，堅信堅持自己權利的期望一定會得報償，並堅信個人責任心裡的個人主義自尊心。不過群眾運動要靠識別個人與集體相結合的象徵、集體的需要和集體的希望。個人主義者要堅持個人主義的生活方式，健康地進入蕭條時期；至此，資本主義就能在較多的國家中復甦。在崩潰中維護發展的發展時期，資本主義的動盪不定看來會建立起精神上的防衛陣地。

然而，不會有預先決定的自我復甦；如今流行的保護體制的建議不能不依靠動機和技能，讓動機和技能能夠在體制內部得到補充，並受到體制各部間糾結的制約。

　　財富和收入在分配上明顯的差異,在資本主義國家是司空見慣的,它經常製造一些騷動挑釁以攻擊允許他們這樣做的制度。因此在繁榮時低聲抱怨, 在困難時期暗示要抗議。爲了進行分析。有可能把穩定的資本主義問題同平均的收入問題區別開來看。但是很清楚, 那些收入最高的人認爲他們的既得利益是爲了支撐現行的制度, 但客觀的結果卻是助長了不穩定。這是資本主義引起的富豪統治政策上的內部矛盾。讓步政策顯然是經過深思熟慮後採取的; 但是干預措施是什麼? 怎樣才能藉助干預措施使既得和感情利益得到足夠的統一?

　　對這一問題, 我們將不時在本書的各章節中予以回答。

　　由於商品通常掌握在處於統治地位的領袖手中, 因此領導群眾的反領袖者必須更多地依靠宣傳, 而不是依靠商品或暴力。群眾中潛在的經濟力量或戰鬥力可以用耐心和持久的宣傳調集起來。

　　對任何革命來說, 控制相當數量的商品是必不可少的。但眞正掌握了政權以後, 對商品的控制在其象徵意義, 即宣傳方面比其特別的經濟方面更爲重要。

　　在消費、生產和其他集體活動中的拒絕合作是社會地位低下的人的主要武器。有時以聯合抵制的方法鼓舞群眾起來鬥爭以引起有關部門對不正常狀態的重視, 這對社會地位低下的人是有利的。一九二〇年, 國際工會聯合會在阿姆斯特丹(Amsterdam)號召聯合抵制購買匈牙利的商品, 以抗議匈牙利政府對勞工的鎭壓。其結果是, 把這一原先受到查禁的報導向世界新聞界廣播。報導說, 「白色恐怖」如何向那些與「紅色恐怖」有牽連的人報仇。一九〇九年, 中國人聯合抵制購買美國貨一事使中國人在美國贏得了某些人的支持。抗議據說是指責美國人虐待在美國的中國人。

　　有時, 民族主義的感情同聯合抵制和罷工凝聚在一起了。一九一九年, 中國的民族主義者組織了一次反對把靑島割讓給日本的聯合抵

制。早在一九〇五年，印度人聯合抵制購買英國貨，開始鼓勵本國的
生產。那些在近代由甘地領導的傳播很廣的不合作運動祇能發生在不
合作的習慣做法已經深深地滲透在文化中的國家。直到今天，在印度
下述事件是公認的傳統做法：一個受了鄰居冤屈的人坐在鄰居的家門
口直至餓死。赤裸裸的威脅向來是夠多的，因爲假如受害者突然死去，
他的幽靈可能會老是附在作惡者的身上。

　　有某些時期對作爲社會革命的一種手段的總罷工的效力寄予極大
的期望。但這並非效用太大的武器。祇有當勞工組織發動的總罷工代
表了一種需要，受到社會上其他階級的普遍歡迎時，總罷工才能取得
勝利。一八九三年，比利時的總罷工，被興高采烈地譽爲一次勞工的
勝利，那次總罷工是爲了要求擴大參政權，這就符合了中產階級的需
要，得到了中產階級的同情。別的總罷工，如一九〇九年的瑞典的總
罷工，由於得不到其他階級的支持，失敗了。事實上，總罷工是爲了
「無產階級」的要求越明確，就會有更多的社會力量，聚集起來採取
反對罷工的保衛行動。因此，一次總罷工必須，或者是一次短暫的示
威性的罷工，或者是加強一次重大的革命轉折點，訴諸暴力，奪取政
權。一九二六年在大不列顚的總罷工，一點不錯，正是爲了這樣的目
的。政府大吵大嚷地說這是罷工工會挑起的「內戰」；技校學生和其他
志願者非常熟練地駕駛著大卡車，控制著其他重要的公共設施，防止
對公衆的重要的供應渠道被搞得亂七八糟。一九一七年莫斯科危機到
達高潮時，總罷工是很有用的武器，雖然在彼得格勒的總罷工是多餘
的。一九二〇年，在柏林的卡普・普齊(Kapp Putsch)發動了一次總
罷工，垮台了。不過，卡普冒險者們並沒有得到廣大群衆的積極支持。

　　等到一個領袖被巨大的不安全感弄得分崩離析和被人懷疑，處身
於失敗和蕭條之間，被新的和蒸蒸日上的社會組織的代言人找到了藉
口時，那麼拒絕合作，如罷工和聯合抵制等就將立即發生。

顯然，一個領袖同外國的領袖人物進行競爭，想在國外取得一席之地，這在很大程度上要取決於他所掌握的商品和服務機構。商品既是一種潛在的戰鬥力的量度，又是戰鬥效率的工具。使戰爭能順利進行的方法之一是以掌握的商品去挑起敵國人民之間的不滿，去爭取同盟國，去保護中立國以及去提高內部的士氣。在危機時期，整個社會的資源是存亡攸關的，以及有利於統一應急管理的。

第一次世界大戰期間，德、奧、匈三強就是被協約國的封鎖一步步扼死的。封鎖切斷了橡膠，錫，棉花，銅，潤滑油和食用動物的供應。缺額只能靠部分代替品補充。從煤焦油中提煉出來的油代替石油原油的潤滑油，食品和棉布經常被削減。但是日益加劇的匱乏現象，像蔓生的麻痺症逐漸損害了人民肉體的持久力和士氣。

富有國家能援助他們的同盟國的程度從下列一些數字可見一斑：

大不列顛的貸款……八十七億七千萬美元

法國的貸款………二十八億一千七百萬美元

美國的貸款………九十五億二千三百萬美元

德國的貸款………二十億零四千七百萬美元

合計（加上其他援助）二百三十六億六千萬美元

在和平時期，領袖內部爭奪商品控制權幾乎與戰時一樣重要。十七、十八世紀，與重商主義有關的理論和政策導致徵稅區別對待和禁止進口敵國的產品。和平條約往往包括或附帶有廢除進口禁令的關稅協議，免稅，有時還以最優惠國待遇作條件。友好國家必然是收稅互相優惠，最明顯的是一七〇三年英國和葡萄牙之間的梅休因條約(Methuen Treaty)。

雅谷布·瓦伊納(Jacob Viner) 得出結論說，在十九世紀關稅同外交很少有什麼聯繫，雖然稅收繼續被看作是施加壓力的工具。在義大利和法國之間。一次長時間連續不斷的會談，從一八八八年一直談

到一八八九年。由於世界大戰的發生，自給自足的傾向導致普遍採用進出口許可證和限額的辦法，或者僅限於進口急需之物，借用關稅的名義任意定價，以聯合抵制政府購買和根據合同進口的舶來品的名義，以謊稱衛生條件不符要求禁止肉食品和蔬菜製品進口的名義，以國內商品優先運輸的利率的名義以及類似的各種手段在實際的管理中，甚至在違反合法的稅收中都可以不公正的態度濫用稅收條例限制進口。

從某種程度上顧及到戰鬥實力，政府對流向外國的投資作出了規定。但第一次世界大戰前，英國向國外的投資相對地說對戰鬥實力沒有什麼影響。一九一四年這些投資估值有二十萬億美元，約佔大不列顛國民財富的四分之一，成為世界資本輸出的最大集團。國際上動盪不定的感覺反應是敏銳的，如在法國，對戰鬥實力的深謀熟慮影響了向外國貸款的分配。一九一四年，法國向外國的投資總數為八十七億美元，佔國民財富的百分之十五。與英國的投資相比這些投資更多的是政府和省市一級機構向外發行的債券，而在英國通常是私營企業向外的投資，梅爾基奧爾·帕爾衣(Melchior Palyi)認為法國對外投資大約有一半是在第一次世界大戰法國的同盟國，或是期望成為同盟國的國家。但法國對外投資總額的三分之一由於對方拒付債息和與世界大戰有關的其他原因，受到了損失。英國資本輸出的所有權大約減少四分之一，主要是考慮到美國人的安全遣返問題。

許多照顧資本向外國轉移的交易對出借國特別有影響。如：租界地或各種特權，各種稅收的轄免，使用出借國家債款的收益條約，把軍事，外交和財政的控制權拱手讓給出借國家的政府或國民。當借款國沒有西歐的文明技術時，當借款國政府動盪不定時，當要借債國政府直接承擔借款國外債時，使用上述這種滲透的手段是屢見不鮮的。經濟滲透要靠相當多的剩餘資本進行投資。因為，戰前在列強中唯獨俄國沒有實現工業化，所以俄國的土地貴族喜愛直接的土地併吞，而

不喜愛經濟滲透，正如在一八六一年前許多美國南部各州的地主企圖把美國的疆域向西南部擴張，也屬這類情況。

可以回想起，第一次世界大戰打碎了遍及全世界的勞工分裂，用自給自足或「絕對主權的」兩種制度替而代之：一種由德、奧、匈三強組成，另一種由協約國組成。世界市場的擴大把因追求利潤產生的矛盾推向幕後，把戰鬥力的考慮放到重要地位。因此，爲了探索不受傷害的途徑，每個國家控制了自己的鋼鐵和食品生產的中心，以達到經濟上的自給自足。一個分裂的和被削弱了的歐洲，在一定程度上減輕了對商業化程度和工業化程度極低的國家的人民的壓力。這就有利於遠離歐洲的強國的擴張（如日本）。如今是以縮小本國經濟的集團，不是擴張的世界經濟。生活水平的下降加劇了不穩定感，更大的不穩定感威脅著領袖們賴以得益的因襲制度。在資本主義制度下，持續的危機危害著私人和政府統治集團的雙軌制。大商界和大金融界的巨頭發現他們自己受著善於巧取群衆的政治游說者的威脅，受著祇重榮譽不重利的令人可畏的軍事家們的威脅。

由於受到來自內部和外部的雙重威脅，一個特定社會中的領袖人物要憑藉對必要的商品和服務機構採先集中再分散的靈活政策；且要憑藉限量供應，然後是控制價格，時而誘導，時而強制，時而轉移視線的游移不定的政策。起而挑戰的領袖人物受到手中集中著商品和服務機構的基礎鞏固的領袖人物的妨礙，他用拒絕合作的手段以增強、激勵不滿者的決心。

第五章　習慣做法 (Practice)

　　任何領袖人物的優勢部分地取決於它所採用的習慣做法是否獲得成功。這些做法包括招募和培養領袖人物的一切方法，以及在制訂政策和任職期間所奉行的一切方式。成文或不成文的法規包含著被認爲是政治和社會制度中最基本的習慣做法。立憲主義對寫著的一行字的功效持特別的看法，沃頓・H・漢彌爾頓(Walton H・Hamilton)寫道：「一個受人信賴的名字（人們信奉文字的權威）正式寫在羊皮紙上以維持政府的正常秩序。」

　　由於習慣做法是處在一個變動整體中的變動細則，因此一個基礎鞏固的領袖人物可以利用這種變化不時以心理治療或重新調整的方法保衛自己。心理治療、無害地消除緊張氣氛可以用諸如向喪失親人者表示關懷的行動等謙恭的方式進行。統治者是懂得怎樣去關心受災公衆，懂得如何及時地向倖存者表示誠摯的同情。不論是地震、洪水、颱風、乾旱還是瘟疫，它們造成的不安定因素均是社會秩序潛在的危險。因此怨恨的積弊務必不能在寂寞的悲傷中滋長。慰問的表示加麵包遠比單有麵包更有力。節約麵包比節約慰問更安全。

　　爲了達到以心理治療和稍加重新調整的方法保衛自己的目的，一個基礎已鞏固的秩序可以根據它自己的詳情細節重作安排。十九世紀和二十世紀，資本主義國家對社會事業性質的制度作了小小的修正就避免了一場革命的顚覆。民主化和教育的措施在某種程度上轉移了人們對根本的財產所有制的注意力。爭取普選權、按比例代表制和公共義務教育的改革運動不斷深入。資產階級革命並不是一下子就能廢除

不民主形式的公民權，而是要經過長時間的，一點一滴的積累才能夠做到。

被摒除在司法資格以外的現象是在社會改革運動中用了很大熱忱和很多精力才逐漸消滅的。一八八三年在英國殖民地開創的白人解放黑奴，直到一八八八年在巴西才得以實現。在非洲大國勢力範圍內的家庭奴隸制還允許存在，但是在一八九〇年召開的布魯塞爾 (Brussels) 會議上規定，買賣奴隸是非法的。在西方國家中祇有戰前的俄國把她的人民分成有不同法定身分的階級（貴族、教士、公民、農民，亞洲人和猶太人除外）。農民中的赤貧現象直到一八六七年才在德國絕跡。根據禮讓和條約，大多數近代國家實際上賦與外國人與本國公民同樣的公民權。

在婚姻關係中娶不起妻子的現象美國大約在一八四〇年被立法的改革解決了。英國繼美國之後，是在一八七〇年開始解決的。父親在家庭中對孩子實行的家長制也被禁止，最初是禁止對孩子進行殘酷虐待。宗教、藝術、文學和科學界的自由發表意見已是時代的大勢所趨。

對禁止奢侈浪費的立法由發洩不滿到爭論不休，這使基本財產所有制得以保存下來。資產階級革命的社會綱領在取消市場價格限制的意義上來看不僅是消極的，而且在用法律的禁令轉而注意去塑造一種資產階級生活方式的意義上看是積極的。在為物質財富而進行鬥爭的人民群眾在培育具有勤勞的，循規蹈矩的本分和發揚民主，以及遵紀守法精神的「中產階級」的德行，他們向諸如賭博、酗酒和腐化墮落等令人不安的勢力提出更強大的挑戰。

由於對賭博、酗酒和賣淫等違法行為不去限制有這種所作所為的人，禁令的主要目的是撤銷對某些幹這種行當的企業的合法保護。這些企業為了保護他們的投資和履行合同不得不提出自己的對策。為此他們向歹徒和政治上的庇護者行賄。在美國，對這種行業不集中管理，

對習慣於都市和本地生活的民族很少直接控制，這就造成管理上的鬆弛，經常引起「改革的浪潮」。

消除另一個不同於財產所有制那樣的不滿的安全瓣是宗教信仰復興精神。英國人的宗教信仰復興精神始於一七四三年，由韋斯利斯(Wesleys)創導。群眾性的感情的體驗和進行集會，以及一定程度的行動，會合在一起對形成群眾運動具有相當的重要性。但是非宗教象徵的改革和革命轉移了視線。從一八一四年到一八三六年，宗教信仰復興精神的浪潮席捲德國，向新的都市的無產階級發出呼籲，並激勵他們作出類似的集體行動。在一八三七和一八五三這些蕭條的年份，美國是受苦受難最深的許多城市裡劇烈的福音運動大顯身手之地。

當對資本主義的個人主義的批評成為實際的政治策略時，其所採取的讓步政策是以社會立法的面貌出現。錢已經被用來為青年提供教育的機會，但是「社會的法律」擴大了錢的使用範圍，把其中一部分用來關心年老體弱者、殘疾人以及身心有缺陷的人。工業主義帶來的許多後果使社會上有權勢的團體十分震驚，它也懼怕某種勢力正在破壞軍事力量，破壞群眾在工業生產中的積極性。

害怕壟斷導致要求政府接管和政府經營，或者至少要政府管制。有勢力的商業團體立即發現了他們規定的代理權方面沒有什麼損失。在許多情況中，政府規定的代理權寧願授與地方或國家機構。政府對代理權的控制減少了被控制的權力機構的數量，同時，保留了足夠數量的代理機構去阻止任何想利用政府有效地實現社會主義化的企圖。這種代理權是防衛民眾性急暴躁和地方勢力敲詐勒索的堡壘。作為「競爭的裁決者」的政府可能會遭受缺乏遠見之害。

然而，輕輕拍打著的憤懣的浪潮繼續侵蝕著為保衛既定的財產安排而建立起來的防波堤。蕭條時期，有一種越來越多地圍繞基本社會主張的口號和權宜之計組成各條戰線的傾向。在許多地方，有保留的

讓步把民主政府搞得筋疲力盡，一種新的民主的醒悟表現在對議會、對舊的權利法案和民主「現實」的「純條文主義」提出比較尖銳的批評。

在回顧十九世紀的改造時，Ａ・Ｖ・迪賽（Dicey）得出結論說，對民主制度的批評意味著民主的任務已經起了變化。首要的目標是破壞；所有的力量團結起來去廢除舊的限制。不過，現在，民主的破壞的任務已經完成。且進入建設階段。但在探索能起作用的目標方面的意見還不一致。

另一個分析形勢的方法即是使保衛資本主義民主的可能性成為一句空話。民主議會為群衆的形式正在受到貶抑，群衆堅持要民主的作用是為了要實現社會主義。因此，當發生不滿情緒的危機時民主的習慣做法不再能保護一個四面楚歌的資本主義。因此，可以預言，資本主義不久會放棄民主，依賴專政。

為了應付群衆的不安全感，每一種新的革命模式皆允許著、包括著許多較小的改變。這可見諸於資產階級革命，也體現於俄國的革命。在一九一七年的大變動中，所有制關係發生了根本的改變。兩大社會結構——擁有土地的貴族統治和私有的富豪統治被徹底推翻了。有組織的生活如今由政府統管。準備對付不滿情緒的方法不計其數。祇要這種成一體的等級制度有指揮中央管理機構的權力，假如需要的話，它可以用改變定量供應為價格控制或改變價格控制為定量供應的方法使這種制度本身不遭到反對。這似乎能使社團的形式變化自如，時而成立組織，時而聯合，時而停業，時而重新命名。在私人資本主義制度下，一旦經濟收入的差異十分懸殊，就可以重新編排成較小的上千種的等級進行刺激，使個人和小團體的積極性得以最大限度的發揮。可以定出許多受尊敬的榮譽稱號，當恥辱降臨到他們頭上時，就取消榮譽稱號。

　　顯然，除了本書中反覆闡述的主要特點外，去考慮任何的習慣做法是無益的。領袖人物的保護力由於明智地把實力和值得接受的習慣做法結合在一起而加強了。爲了實力而丟掉值得接受的習慣做法是危險的；允許暫時考慮值得接受的習慣做法，掩蓋不稱職的組織所帶來的影響深遠的危害也是危險的。

　　對制訂政策和行政管理其所有的傳統模式的判斷需要經常的修正以因應變動中的環境。過分強調危險來自對危險強調得不夠。不論該模式是專政或是民主，中央集權制或是分權制，集體領導或是分散領導，官能的普遍化或是受限制，服從或是有獨創性，偏見或是客觀。

　　一旦某些合理的習慣做法確實得到普遍支持，一個最近才被確認的領袖人物就可把職權作爲民主化的基礎，並在重新調整和心理治療的賭博遊戲中把公平無私和限制當作籌碼。任何有成就的革命黨成員爲了黨內的權力和安全的緣故需要他們的朋友參加革命黨，有些社團的成員，他們來自新的「貴族統治集團」，參加社團的目的是爲了攫取特權。因此，黨被意志不堅定的黨員削弱了。這些黨員作爲調和和妥協政策的代表受命去行使他們的職權的。這對強大的革命黨「頑固的」基督教基本主義者是一個警告，也使「正統派」和「穩健派」之間的矛盾尖銳化。黨的結構中最高領導層中的人可以利用這種矛盾抓住爲首的一個，然後抓住要爲任何新的失敗負責的另一個黨員。因此要爲在黨員的名冊中「清除」了「動搖分子」或「勢不兩立」的分子表示慶賀。然後增加新生力量的過程又開始。羅伯特・米歇爾斯 (Roberto Michels) 把革命黨的矛盾和擴張稱作「手風琴節奏的格調」。大衆的安全意識增加了，民主化是發展的趨勢。危機發生時，集中是必不可少的，採取迅速的，決定性的行動比極壞的調和耽誤時機要更安全，但集中有衆人皆知的缺陷。爲了減少大集中所產生的官僚主義的後果，蘇聯當局曾制訂了許多鼓勵群衆提出批評的方法。工廠和俱樂部辦牆

報，農民通訊員自由討論著冤情和如何提高積極性。不過，很明顯，祇有在當權人物無受攻擊之虞時，群眾的批評才受到鼓勵。

　　為了隨時讓當權人物知道不滿的浪潮的變化情況，現代「民意測驗」的方法已經被採用。材料被詳細地列入「考量表」上，以表示不滿意和不合作的根源所在。

　　某些技術措施的創造，使有可能對管理效率的好壞進行比較，並鼓勵人們老老實實地工作和同別人競賽。西德尼（Sidney）和比阿特麗斯・韋布（Beatrice Webb）曾評論說：十九世紀初期，在大不列顛的政府事務部門，不管是國家政府部門或地方政府部門「徇私，腐化和無恥地挪用公款」現象比比皆是。這種惡劣的行徑，絕大部分被用一世紀前很少用的審計的手段掃除了。由一個不受他人控制的專家組成的特殊工作班子對所有政府官員的現金交易進行了稽查，此舉改進了不少於精確的關於誠實與否的總的標準，證明了如何能大規模地改變「人類天生的習性」。

　　危機時期過去了，政府就可下放權力。不過，這一點很重要，實行下放權力一定要考慮到將來緊急狀態出現時，中央的代理機構能夠用法律手段重新控制權力。這點是下放權力技術上所擁有的優勢：它把大權授與下級機構，並使其接受某些明確的條件保留和將來交回權利。在美國的城市社團中有某種「國內規定的特許狀」顯示了權力的真正下放。不過從整體上說，範圍主要限於國內，而且還要受到授與中央代理機構特定和有限的權力的聯邦政府的習慣做法的限制。當聯邦政府的法律草擬出來後，必要的讓步是可以接受的，但常常要遇到有實力者出來擋路。當合法的障礙大得足以激起實行中央集權制的危機時，那麼，這種對合憲法性的尊重是含有敵意的。

　　與中央集權制的便利程度有密切關係的問題是要在立法機關或議會中組織一個政府機構。在一些國家中，如美國，在某種程度上消除

了受外國攻擊的恐懼，立法機關曾是區域性貿易，而不是制訂國家政策的渠道。當然，這是最清楚不過的，任何國家的政策總要顧及利益和感情兩個方面。但是立法機關創造的既得利益和感情上的利益總要以拼湊起來的國家政策，而不是馬賽克（鑲嵌磚）加以權衡。地方立法機構的立法委員常使他們自身致力於就引人注意的民族問題的談判提出地區性的談判計劃。

實際結果則不一定總是需要同立法機關聯繫在一起。比如，在大不列顛，一組棘手的協議制訂出來，該協議祇有在普選以後才有可能提出更換有效的行政部門(內閣)。已經制訂了特別程序通過根據國家政策把立法機關和議會結成一個整體的渠道來安排地方上的事情。然而對現代政府來說通過與議會而不是立法機關分享權力使地方間的貿易影響減少到最低限度，也許是有益處的。

所以在蘇聯，起作用的是議會而不是立法機關。議會是由極多的代表組成，這些代表召開會議，聽取重要報告和討論政策，以及表態——特別是在選舉繼任的委員會，和完成退休。這種議會是對中央所執行的政策取得一致意見的重要工具。但是無需假設，議會的聲調對中心人物是沒有影響的。

毫無疑問，人們將會竭力擴大議會的權力，並把它改造成為一個對蘇聯的政策和政府進行錯綜複雜的監督的代理機構，立法機關在許多外國的領土上行使上述監督權。但值得懷疑的是在蘇聯不久的將來議會的權力是否會有明顯的增加呢？因為外來危險的幽靈依然在游蕩徘徊，中央集權制正嚴陣以待。

有許多方法可以迅速形成中央集權，藉助於中央集權達到行動的統一。向地方政府提供符合中央限定標準的補助金確有誘惑力。制訂強迫所有的公有制企業認真執行預算的措施。計劃的討論和實行都要把注意力集中到確定的目標上，強迫用並根據範圍廣泛的利益，不得

不爲地方的需要辯護。

　　危機不僅使人懂得要形成中央集權，而且還要集中權力。從一九一七年到一九二一年的尖銳鬥爭中，俄國用消除競爭的代理機構的手段，使權力更加集中在共產黨中央。起初允許競爭的黨派共存，但是當共產黨建立了一個合法的壟斷時，他們不久就被肅清了。其他有權力的組織，如軍隊、工會和合作社都是黨的屬下。那種果斷地清除眞正的或是潛在的有組織的根瘤對專政來說是十分必要的。墨索里尼和希特勒把俄國的專政經驗照單全收。希特勒以迅雷不及掩耳之勢，調兵遣將。一九三三年五月二日把德國老的工會官員革除公職，他們的住宅和財產被查封，他們的會員被編入國家社會主義黨的一個特別組織。幾天之內所有的政黨被解散。同時，敵對分子從政府的行政部門裡消除出去，「極權主義」的國家接近建成。

　　蘇聯在危機過去後，共產黨的政治委員會能夠眞正做到把更多的權力下放給差不多同等級別的代理機構。在更多的中間派中允許他們有創制權，但首先要得到黨的嚴格的批准手續。毫無疑問，每當有一種威脅感，或有一次擴張的機會刺激著掌握統治權的權勢人物時，政治委員會會繼續使全國人民結成一個整體。

　　這種集中在美國由於「政府機構彼此之間互相制衡」的制度關係是難以實現的，美國這種制度是參照英國憲章的某種解釋和機械式技巧的規則制訂的。在迫在眉睫的極端緊急情況之中，在國家需要行動的時候，總統可凌駕於政府的兩個同等級別的分支機構，──國會和法院──之上。但威脅解除時，總統必須主要依靠庇護權代表一個國家的政策去維護紀律，上述言論是Ｗ・Ｙ・伊利歐特（Elliott）最近使我們憶及的。總統不能強迫立法委員們在全國嚴重關心的重要事項中去爭奪他們的席位，這在英國內閣中是可以選擇的。這是一個問題，即聯邦政府的幾個分支機構之間的矛盾發展到什麼程度才能對民主政

府的能力表示懷疑，從而大膽地爲了集體利益而有所作爲呢？這樣在
行動的壓抑中，尊重法治又一次受到了明顯的影響。

在危機交替出現期間，權力可以分散到各個職能部門，尤其是在
近代的文明社會裡。有組織的活動就起到了這種決定性的作用。在美
國，官能的勢力是通過數以百計的特別代理機構直接表示出來的，這
些機構維護設在華盛頓或紐約的司令部，並直接對（美國參議院的）
民衆接待室的官員的行動進行疏導，對全體選民的宣傳活動進行指導。
這種「國會第三院」在「蘇聯」或「共同體」國家制訂的規定中至少
在名義上是合法的。在蘇聯、義大利和德國危機連續不斷，官府一直
在進行聯務的分配，但與需要相比總嫌不夠。德意志共和國經濟諮詢
會議的經驗清楚地表明處理政治問題的職能機構比處理土地的機構要
多一倍，或者可以說那種機構多如牛毛，因爲關於技術性的問題小的
行政性諮詢委員會已足以作出處理了。如果以一個經過精選可起多種
作用的立法機關來代替一個土地的立法機關，幾乎照樣可以處理政治
問題。

危機時期，權勢人物重視服從而不是獨創力。由於深受內部不穩
定因素的困擾，統治者們妄圖重彈保證尊重協商的濫調。但是服從往
往是一種衆人皆知的進取精神和效率的障礙。當統治集團不甚擔心失
掉烏紗帽時，他們就懂得爲了有利於創造力而要容忍某些缺乏對他們
恭敬的行爲。

這是不證自明的，危機時期，一個權勢人物是懂得如何對付行政
長官和其他代理人，首先要聆聽他們的偏見，其次才聽聽他們的客觀
意見的。支持權勢人物的偏見會在權勢人物心中滋生自信心。但是偏
見像溫順的人一樣有局限性。顯露忠貞的技能的進展可能比射擊、會
計或當教練的技能要好。客觀性本身是一種價值，因爲它能抑制感情
的衝動去歪曲事實。客觀性，或至少是客觀性的外表，對法庭和準司

法法庭特別有用。

可以採用許多程序上的措施使之具有容觀性，該措施能降低把一過即逝的感情衝動變成行動的頻率。所以向法院提交的證據可以依照複雜的已被列入的或未被列入的法令。在法院和立法機關中講話語氣、聲音、方法等方面需要有些技巧。主席的作用可能是要保護所有希望得到利益的人，要防止使討論小組成爲一群普通的平民。

某些特殊問題把它們推到革命的反權勢人物的面前。就大體而論，他們的任務是要指導反叛分子的一時感情衝動的行動方式，使這種行動能持久不變和顯示抗議的力量。

近代的革命戰略認爲當然要用完滿的程序去培養出一大批能把握住革命時機的職業革命家。但難以說清的是在多大程度上要依靠群衆性的組織，或者是主要依靠專門研究利用群衆性呼籲爲招牌的較小的團體來培養這樣的人，才是明智的。

在十九世紀中期，宣佈革命目標的組織都是煽動性和密謀性的，因此，這些組織都比較小。在以後幾年中，以無產階級革命名義的組織常常發展到擁有幾百萬人。德國和奧地利的社會民主黨運動是在資本主義內部由經濟結構引起的錯綜複雜的紛亂中進行競爭的爭吵。這些組織和附屬組織逐漸補充了勤奮工作的官吏，這些官吏在履行他們的職責中不會有什麼人身危險。他們平安地編寫書籍，登台演說，成立組織。

在俄國，當社會主義招致危險時，首先表現的方法是煽動——密謀。這並不意味著，小小的密謀組織在革命中首當其衝，並從事個人的恐怖活動。建立了相當多的組織，不過，這些組織祇讓那些不怕抗議危險的人參加。到處都有很多缺乏戰鬥力的有會員資格的機構。純粹的勞工陷入這些複雜的內部管理中，他的精力受到了組織內部的瑣屑的麻煩和繁文褥節的束縛。羅伯特・米歇爾斯描述說，當攻擊的時

機到來時，鼓吹寡頭政治的傾向製造了一群無精打彩的怪物。顯然，與群眾的要求成比例，這種群眾性的組織數量過多了。

由革命的勝利中心來運作，第三國際擔負起使各民族服從中心領導集團的決定的任務。這個中心領導始終是在俄國影響下。由於一次重大的革命運動不是在地方發生，而是一次全面的抗議運動，起來掌權的領袖人物自信能得到外國的道義上的支持。俄國的領袖人物得到了群眾和群眾組織的同情和合作的援救，群眾和群眾組織的同情和合作的革命的威脅阻擋了現有政府的敵對行動。所以大不列顛向反對俄國的波蘭提供無限的援助被制上了，向反對布爾什維克的白俄將軍們的援助也受到了阻撓，因爲英國的政治活動家經常受到英國工人的牽制。

第三國際試圖使所有對中央組織的同情化爲具體行動，實際上在中央組織中俄國的組織佔優勢。這就使得所有的外國無產階級組織的領導人在交叉火力中受到了傷害。假如他們有支持階級戰爭的「外國」象徵，他們就會受到中產階級，富豪統治集團，和貴族統治集團的代言人以及愛國主義和反民族主義爲藉口進行破壞性的攻擊。但，如果他們自己不服從第三國際，他們就可能受到在勞工階級內部某些最精悍，性情最急躁的分子的攻擊。

甚至與第三國際的形式上的聯盟也不能緩和危機。莫斯科高度集中的組織經常提出的措施似乎最適合於爲新政權外交方便服務，這比爲社會主義革命事業服務的提法要好。地方的共產黨人易被人嘲弄，說他們是「俄國的外籍軍團」，而不是社會主義革命的先鋒。

在德國共產主義內部發生危機時，以可能有的最強烈的態度表達了這些矛盾的傾向。一九一九年，在對待工會的方針上、代議制政體上和俄國的專政問題上發生過一次分裂。「三月革命」①失敗後，一九二一年發生了利瓦伊（Levi）危機。一九二三年在薩克森（Saxony）

和圖林根 (Thuringia) 的失敗，導致了布蘭德勒 (Brandler) ②集團被開除並成立了反對黨。一九二五年「極左」時代，魯思・費希爾(Ruth Fischer) ③和馬斯洛 (Maslon) ④在另一次分裂中被清洗。歷史揭示了許多個人間和在策略上的嚴重的意見分歧，這倒並沒有造成一系列的分裂。有人竭力想組織反對黨、工會、軍事和青年組織以消滅社會民主黨。顯然，不可能預見到在想使社會民主黨的現有秩序的防衛措施陷於混亂之前，在運動中已發現有共產黨人和社會民主黨之流將被斬首的跡象。假定權力過分集中的第三國際是爲了俄國政府的革命利益服務，並受俄國政府支配的，那麼它就使群衆分裂，對法西斯主義有利。

這裡的含意是當眞正的革命運動無論在何地已經奪取了政權時，那就會懂得放鬆對中心的控制，允許外國的革命進程各自沿著不同國家的路線發展。

作爲社會的權勢人物和反社會權勢人物者之流需要懂得要避免嚴格地忠於由特殊原因制訂的策略。集體不安定的形勢的起伏不論受到什麼樣的威脅，終將發生。下文究竟如何，且聽下回分解。

---

①一九二一年由德國共產黨領導的在德國中部和魯爾區進行的三月鬥爭。這次鬥爭由於德國統治階級的鎮壓和德國社會民主黨領導人的反叛而宣告失敗。

②一九二三年十月，在薩克森和圖林根曾建立了有共產黨參加的「左派聯盟政府」，由於德國共產黨領導機關中布蘭德勒（當時是薩克森政府成員）集團的政策的影響，工人的罷工、示威被政府國防軍鎮壓，按照憲法產生的政府和由居民選舉的邦議會被取消和解散，布蘭德勒集團最終被清洗。

③④費希爾和馬斯洛集團被認爲是德國共產黨領導集團中的「極左」分子。德國共產黨根據共產國際執委會一九二五年八月給德國共產黨的一封公開信的重要指示之一，「消除一切宗派集團，建立黨的統一」，而在同年十月，在黨的會議上把費希爾和馬斯洛集團從黨的領導機構中被清除。

【第三部分】

成效

第六章　技能 (Skill)

政治分析不僅對權勢人物藉以得到保護或被取代的方法感興趣，政治分析也關心那些獲得諸如敬意，安全，收入等益處的人的特點。事情的一個方面是在具有各種技能的典型人物中間分配益處。

技能是一種可訓練的和可習得的運用方法，技能包括操縱事物或操縱事物的象徵的技術(體力勞動或工程師的技能)，善理禮儀象徵的技術以及運用暴力、組織、談判、宣傳和分析的各種技術。

很明顯，工匠和所有那些從事更直接體力勞動的半技術性工人很少能成為顯要人物。一九一九年德國議會的選舉正好碰上尖銳的社會危機，危機的趨勢向「左」。而新的國會委員中祇有百分之二點四是「工人」，百分之二點一是「支薪工人」，百分之一點九是「工匠」。所以手工操作的技工總共佔百分之六點四，這同一九一二年德意志帝國國會的形勢十分相似。那時，全體委員中「工人」佔百分之零點五，「支薪工人」佔百分之一點八，「工匠」佔百分之二點五，總計是百分之四點八。

農民幾乎普遍未達到代表數。要有例外的話，主要在一些地方農業依照改革過的制度進行經營，即把名義上的佃農或地產擁有者改變成為對人事管理者，不是事物的管理者。對小農莊社區傾向於允許聘用的律師或其他的專家為代表，以法律的方式來處理人群的事物。

值得注意的是，在我們的社會裡，工程學的技能雖然如此重要，但很少有工程師能夠獲得極高的職位。人民英雄很少是工程師或物理學家。儘管在機械，電器和化學生產中發揮了他們的技能，有被提升

的機會，但實際情況卻並非如此。化學、電器、航空、煤氣、蒸氣和
無線電等嶄新的專門化已紛紛崛起；較舊的工程學的分支部門作了徹
底的改造。令人激動的過多的新發明有時使處理未開化狀態專門化的
漫長歷史變得朦朧了。人們可以回憶起埃及人、巴比倫人和中國人在
平整，塡築和架橋於軍事公路的工程中所取得的成就，在建造圍牆、
城樓、通道、護城河作防禦工事中所取得的成就；以及在設計城市，
和爲城市鋪設供水和污水處理系統中所取得的成就。海港包括燈塔、
已疏通的航道、防浪堤、碼頭、貨棧、起重機、捲揚機和供水設施。
巨大的土地開墾工程需要堤壩，灌漑和排水。在中美洲和在別處享有
盛名的代表早期文明的寺廟，天主教堂，紀念碑和其他政府的大建築
物和私人寓所等被毀壞無遺。

　　工程師對把他們稱作奇異的可以自由使用的業務上的帝國主義而
感到喜悅，並如此爲之神往。他們在要求掌握重要的政策和管理方面，
以及在以美麗且恭維的政治秘思（mythology）語言來博得群衆的支
持方面很少能清楚表達出。在美國，爲工程師所精心製作的實例的人
不是工程師，而是經濟學家索爾斯坦・維布倫（Thorstein Veblen）。
在《工程師與價格體系》（*Engineers and the Price System*）一書（一
九二一年紐約版）中，維布倫控告工業的以掠奪爲生的有錢有勢者，
以及建議建立一個經濟組織的體系，在這個體系中生產和分配將由工
程師們來決定。不管怎樣，對「工程師」一詞作了如此明白的闡釋，
遠遠超出了這個詞的習常的意義。一九二九年以後的大蕭條期間。「專
家政治」最能接近群衆運動，它一時間名聲大揚。「專家政治」在許多
方面是一個十分幸運的創造，它避開了帶有一個「主義」的敎條主義
的含意，利用了「技術」和「民主」兩詞的聲望。

　　在工程管理中盛行的一種制度是對浪費要提起公訴，並冀以科學
管理以達到過度理想化的富裕。在美國由泰勒學會（Taglor Society）

對浪費進行的調查報告預言，將來工程師們一定能成爲較偉大的有技術思想意識的人。

那些不太擅於處理事務,而祇擅於處理事務符號的人是物理學家。他們喪失了工程師的資格,不能獲得較高的受尊敬的職位。的確如此,班勒維 (Painleve) 過去是一個數學家又是一個很有成就的議員, 德瓦勒拉 (De Velere) 是一個數學家, 又是一個愛爾蘭民族主義者, 以及韋茨曼(Wiezmann)是一個化學家, 一個猶太復國主義者; 但這些人都是例外, 不是典型人物。

醫生是一個有趣的技術組合的行業, 因爲他懂得許多的醫術。但他不能完全忽視人際關係因素。雖然治病能使治病者同人經常接觸, 但在近代公眾的生活中, 祇有少數醫生能獲得較有聲譽的地位。克萊門休 (Clemencean) 是一個醫生, 在他終身事業的早期生涯中沒有什麼作爲。在小的社團中 (那裡出名的職業被認爲是訓練個人在同等條件下同「城市裡的滑頭」的格鬥), 醫生可能在民眾的思想中受到尊敬。即使如此, 如果在愛爾蘭國會下院和愛爾蘭眾議院議員 (二百十三名議員中有十四名) 的比例中做醫生的議員佔十四名, 那是罕見的。一個醫生給一個有權勢的皇帝或獨裁者治病因而獲得皇帝或獨裁者的隨從和保護人的信任, 這偶爾有之。在知識水平的變化還沒有像今天那樣大的時候, 據說有學醫的人曾成爲外交或政府部門有名望的人。但這不能確切地解釋他們獲得名望是因爲學醫的緣故。

總的來說, 堅持這種觀點看來是有理由的, 即有背景的英雄們和有權勢的人物一般是從那些擅長管理人, 而不是擅長管理物的人中吸收的。控制行爲的技能是最基本的技能, 即使拿工程學和物理學的複雜的技術才能相比, 也是如此。

施用暴力技能在人類英雄中所擔任的角色是無需贅述。不過長時期以來戰士是經常被貶低的, 這是事實。西歐的文化非常重視財富的

積累因而縮小戰士的聲望。在中國，對士兵的輕視是衆所周知的。

當在國內和國外發生危機時，暴力專家們便獲得富於希望的新生。盡人皆知，每一次戰爭和革命就是軍事人員們在其身後留下的一份遺物。除了喬治・華盛頓將軍，有軍事記載的美國總統候選人名單包括傑克遜(Jackson)，哈里森(Harrison)，泰勒(Taylor)，史考特(Scott)，麥克萊倫，葛蘭(Grant)，海斯(Hayes)，加菲爾德(Garfield)，漢考克(Hancock)，哈里森(Harrison)，麥金利(Mckinley)，西奧多・羅斯福。

在某些社交界中，要成爲顯赫有名人物的途徑不是依靠戰鬥，而是依靠禮儀，比如在美國西南部的美國印第安人種族的部落中就是這樣。任何社團中，最突出的例子是：那些用象徵的手段支撐他們自己的人是獻身於禮儀的人。因爲這個詞語在這裡是人人皆知的，所以眞正的禮儀行爲祇涉及公共社交關係極小變化中的一個方面，而且從整體來說，應該對社團是有益的。就這一點來說，表演一個舞蹈假定是爲了象徵能保護土地肥沃和穀物生長良好，這就是眞正的禮儀。舞蹈引起公共社交關係中的最小的變化，舞蹈是我們稱之爲「社交內在化」的一種行爲。這種內在化的行爲與評判兩個各自爲財產提出請求，或參加對鄰近的社團進行一次突襲的行爲相比有明顯的差異。這種行爲改變了公共關係。它們是「社交外向化」了。

在絕大多數社團中，有些專門研究眞正禮儀的人理應得到權勢和謀生的機會。有些修道士在隱居和祈禱中消磨他們的時間，得到了從四面八方向他們表示的尊敬和送來的禮品。有些敎士或在獨處沈思中或在指導制訂典禮的規定活動中消磨他們的時間，這種獨思或指導改變了那些瞭解他們的人的感情上的反應，但沒有引起周圍環境的其他變化。

在某些社交界，對社交內在化行爲的專門化的價值是無關緊要的。

每一個人可能有他自己的敎士和術士直接傳授指導精神和得到被認爲自己意識不到而實際上應驗的和情感上的目標的陰魂附體。那裡有一小塊石頭被保存起來了，因爲人們認爲這塊石子會帶來好運，這是魔術，當石子是求神得來的並被哄騙說它好像具有人性，這是宗敎。魯斯·班乃迪克特 (Ruth Benedict) 說明了這個區別，魔術是技術性和機械的，而宗敎是信仰靈魂學說的。

估計在當時印第安村莊居民中有三分之一野外工人從事爲舉行禮儀的演出活動，主要是舞蹈，這在典禮中是重要的，但專門從事研究禮儀的人的數量多少顯得並不重要。不過，值得注意的是許多社團贊同一種把敎士的職位作爲個人和擬人化的宇宙之間的媒介。

這種敎士的職位被認爲在不同程度上有助於首領的競爭。有時禮儀的功能常同許多外加的功能糾纏在一起。首領的地位和敎士的職位有時是合二爲一。首領的權力鞏固後，就有更大的支配權並成爲皇帝，把王室和敎士的特權融合在一起。日本的皇帝作爲天之子，是人世間最高的敎士。羅馬的皇帝是祭司長。

有時，皇帝因所司的禮儀職責過度臃腫而限制他在權力上的手腳活動。在封建時代的中國就是這樣做的：權力最大的君主把自己一生獻給朝廷和禮節保護著他的特權。受朝廷的拘束，被禮節網住，權力最大的君主祇有在被動狀態下，在沒有什麼詳細的命令可下的狀態下，在不能直接施政的狀態下進行統治。他祇能單純地依靠威望的效能起些作用，除了一些鼓勵性質的權力外，沒有行使指揮的權力，更多的祇是一種神聖的敎階組織的首領，而不是一個國家的首腦。

一個敎士式的權勢人物可以保留他的祭司的象徵，也可以增加使象徵賦與形體的功能，這種做法在歷史資料中屢見不鮮。在中國，敎士的權勢人物藉助履行皇帝的敎士職責，在中國發展成爲一個敎士官吏，而在印度則發展成爲一個敎士特權階級。在羅馬，各種宗族的敎

士會被吸收進入一個包羅萬象的羅馬天主教的慈善團體；但在希臘，各種宗族的教士依然各自爲政，絕不組成一個統一的教士特權階級。在新的埃及王國中，教士特權階級是對政府當局的一個嚴重的挑戰①。教士們被巴比倫放逐之後才在以色列佔了優勢，這對早期的巴比倫是很重要的。在西歐西方帝國崩潰之後，教士們掌握了主權，一般是在他們的勢力範圍的周圍，發生了非宗教勢力領導的運動時，他們的主權才受到抑制。這些勢力同較小的教士合作，這些教士是反對羅馬中央集權制統治的。這些勢力是宗教改革②中的最積極的分子的社會組合。

西歐的大部分歷史是以一些社會權勢人物爲了控制一切能喚起群衆的順從響應的象徵的爭奪作爲基準點的。有時，以前被看作擁護這一個或擁護另一個專家的那些人，現在既主張「宗教的」象徵，又主張「非宗教」的象徵。這在教皇同皇帝的鬥爭中表現得很突出。

蘇聯竭力反對任何形式的「神祇的」象徵，這在別的國家幾乎是無可比擬的。一般是用極權主義的手段對「神祇的」象徵行使控制權，爲了達到控制的目的對「神祇的」象徵進行利用。國家社會主義黨內一個曾經有影響的事物是決定去製造一個純粹是神聖象徵的地方制度，這個象徵中將使德國不再忠於德國境外的宗教用語和習俗，祇要有德國人認爲他們自己是「天主教徒」，「新教徒」③，「猶太教徒」，甚至是「基督教徒」，德國分裂的根源便在此。令人擔心是，這種不滿會不會使別的國家以支持這些宗教的象徵的名義火上加油。因此計劃是放棄「猶太人基督徒的」上帝，重又回到了「雅利安人」欺騙「猶太人基督徒的上帝」之前所流行的神的象徵。

---

①紀元前五九七～五三八年間猶太人曾被巴比倫奴役。
②歐洲於十六世紀的宗教改革，結果是新教成立。
③新教徒：(十七世紀時)路德信徒或英國國教徒(有別於喀爾文派、長老派或教友派教徒)

在美國，非宗教的權勢人物企圖用宣佈他們自己擁護基督教和宗教信仰的手法縮小敎士和牧師在政治上的勢力。其用意是保護宗教信仰，不讓牧師參政，尤其是因爲牧師與各教派的特殊利益緊密相關。非宗教的政治家充當極大多數範圍廣的虔敬象徵的代言人，並站在敎士權力之爭的分裂的前線。

這種對禮儀的權勢人物的回顧表明從事禮儀的專家如何成爲一個組織專家，在社團生活中擴大了他的作用，這在敎士中是很典型的。他有時去處理婚姻，家庭，遺產和許多別的公開的社交關係。然而，組織的技能同拘泥禮節是兩碼事。記帳、收稅、編書目、通信管理、招聘、培養、供應等各種技能常常是擴大權勢的獨立途徑。當勞工的分裂變得愈來愈複雜，或者當勞工的統一行動的規模和範圍在擴大時，談判的技能顯得更重要了。攻取性強的首領們可以看到他們的勝利毀於缺乏組織技能的一些官吏之手。W・C・麥克勞德（Macleod）仔細地找到了「官僚主義培育的典型」曾經在組織政治活動過程中使用了一種標準化的權勢。

談判交涉的技能在外交界和商界是十分重要的，把它挑選出來作爲單獨的思考分析可能是確當的。隨著貿易交往中慣用限制的逐步消除，近代工業直到最近才擴大了競爭市場的範圍。「賤買貴賣」的技能已成爲致富和成名的捷徑。

另一個重要的技能是鼓吹，尤其是以宣傳的方式來鼓吹。宣傳有各種形式，在宣傳活動中，宣傳家個人的信念判斷很重要。在改變宗教信仰的傳道活動中是如此，在革命運動的宣傳中亦是如此。個人的宣傳信念，涉及個人安危之事。大多數現代的宣傳是在那樣一些人的指導下進行的，這些人對他們的委託人所需要的東西並無特別的確信。近代公共關係的法律顧問，或廣告代理機構，或報社代理人都有像律師所有的同樣的法典，不受律師所作的種種限制。他們收費是爲了去

組織能改善委託人所要求的局面的辯護材料。已故的艾維・李 (Ivy Lee)起而成爲一位賓州鐵路，洛克菲勒財團和其他重要委託者的法律顧問而享有盛名。在他去世之前不久，他在一次國會的調查報告中透露說他在處理美國公衆對德國政府的態度問題上曾受到德國色彩的委託人的阻撓。祇是在第一次世界大戰後，宣傳家開始得到公衆的承認，並且克服了早期與演戲似的報社代理人或演雜耍時的高聲吼叫的商業宣傳員一樣的那種缺點。

另一個具有代表性的重要技能是對人際關係的分析。在客觀態度相同和天性近似的人之間的關係擴大不是新的質的變化。在東印度的奎蒂利亞 (Kautilya) ④或希臘的亞里斯多德 (Aristotle) ⑤或義大利的馬基維利 (Machiavelli) ⑥的經典著作以充分的雄辯證明了有些人由於感情的需要，已侵入了脫俗的超然思想。但是，致力於歷史學、社會學和心理學的學者們的頗大機構的發展還是最近的事，從法學、哲學、神學和歷史學的母胎中誕生了經濟學家、政治學家、社會學家、社會心理學家、個性心理學家、文明人類學家、人類地理學家、社會生物學家以及其他許多技術團體。

神聖技能和分析技能之間的聯繫往往是最密切的。一些教士們專門充當占卜的專家，曉故通今，預卜未來，把他們自己扮演成在政府和權謀中非常重要的人物。對獻祭咒語和禮拜聖歌用字的正確發音的關心，造就了一批早期婆羅門教的語音學家和語法學家。隨著寫作的發展，教士往往成了史官和宗教法典的作家，檔案的保護人，禱文和教歌的編者。作爲一個神學家，他系統化有關神祇數目的教義，且嫻熟於辯證法的應用。

④奎蒂利亞：印度政治家和哲學家。以精通醫學和天文學聞名。
⑤亞里斯多德：公元前三八四～三二三，古希臘哲學和科學家。
⑥馬基維利：義大利政治家兼歷史學家。

在西歐，知識技能的世俗化經過若干世紀逐漸發展。漢薩同盟⑦的商人試圖從傳教士管理中解放自己，建立他們自己的地方性學校。在義大利，都市中簿記科目的發展爲不信教的知識分子提供了就業的機會。文藝復興時期⑧，阿拉伯和希臘學識的聲望爲富商創造了一種人物風格，這些人被期望支持文學紳士奉承和指導他們。活動鉛字印刷技術的重新發現和廉價印刷的普及減少了傳教士對學識的壟斷。官僚職位的產生使適用於非宗教性的謀生機會成倍增長，並加強了非宗教的士紳反對上層的非宗教團體和傳教士團體的力量。羅馬天主教會的分裂促使基督教國家崩潰，非宗教和祭司之間的權勢的分裂比以往更劇烈。隨著義務教育制的推行，教育進一步擺脫了教士的控制，使對教育的控制成爲對非宗教國家的公僕的保護。

智力的表達有幾種形式，有的相互補充，也有的相互競爭。從事智力藝術的人之間的巧妙的競爭往常採取下列形式：自然主義的對合於規範的，有系統的對印象主義的，闡述的對描寫的。

自然主義者的論述風格所用的語言是陳述狀態而不是好惡的選取的狀態。規範性風格充斥著如「應該」、「好」、「醜」等般的用語。近世的社會科學強調自然主義的表達方式。倫理學，美學以及認識論和形而上學等某些方面列入規範性的範疇。政治學是自然主義的；政治哲學是規範性的，實際上，這些差異祇是相對地強調某一方面，不是絕對的排斥。

社會矛盾用「應該」一類的詞爲矛盾的發展提供了隨時可能發生的機會。對以象徵作代表的專家要求他們能爲行使或否定權力創造或精心選用辯護的語言。這樣，對比的需要，就要求助於法律、道德、

⑦漢薩同盟：十四～十五世紀北歐商業都市之政治及商業同盟。
⑧文藝復興時期：歐洲在十四、十五、十六世紀的文學藝術復興運動。

或宗教的保護。競爭派別之間的決議就要用相同的詞彙來表達。在敎規，羅馬法和不成文的法律中經受鍛鍊的律師在保衛小國君主反對敎皇統治，保衛君主反對貴族中已初露頭角。十八世紀，當社會上反對君主制度的批評的呼聲達到高潮時，象徵的製作者是哲學家，他們通常不像律師或神學家那樣職業化。同樣，不祇是不搞學術研究的知識分子對反對資本主義社會的發展要負責。有某些證據表明搞學術研究的知識分子在民族主義運動中的表現比在劇烈的革命運動中的表現更爲明顯。

愛爭論的記者，小册子作者，律師和神學家的聲望，無需使他們專心注意那些得到社會支持的人數在不斷增長，因爲他們能對許多社會生活中十分複雜的事務進行比較和描繪。他們經常需要得到忠告和支持，不論他們是否已成爲公認的「智囊團」的成員。大多數當代的社會學曾一度被概括在「道德哲學」這個總術語的範疇內。在美國，「政治經濟學」的首席地位在一八一八年由哥倫比亞大學所佔。從此，這一學科便逐漸遍及全國。政治學的形成更慢些，雖然，托馬斯・庫珀（Thomas　Cooper）博士已在一八一一年在南卡羅來納（South Carolina）學院開始執敎化學、政治學和政治經濟學。大概說來，這些學科與哲學和法學有密切的聯繫，保留著那些學科的很多規範化的格調。

由於對律師職業的需要量很大，人們常常在爲擴大法學院的課程作出努力，一八五七年，當弗朗西斯・利伯（Francis Lieber）受聘於哥倫比亞大學任敎時，希望他能克服所謂法學學生狹隘地專攻法律的缺點，以加學歷史和政治學科去吸引學生們的興趣，結果是失敗了。利伯本人最後又轉到法學院，在那裡敎授憲法史和公共法。政治學學院（The School of Political Science）在約翰・W・伯吉斯（John W Burgess）創導下，最終於一八八〇年在哥倫比亞大學成立，這是

試圖中止法學院專門化的努力遭到又一次失敗後的結果。

　　道德哲學的教授們經常不同商界和政界的新的日常工作接觸，所以他們找不到適合現代生活經典格言的有關實例。這種矛盾可能會引起新一代專家們的注意，集中精力去描寫他們生活中日益發展的新文化的日常事務。這就大大增加了把學術研究重點放在自然主義，丟棄規範化的力量。

　　美國正在草擬的程序同與歐洲文化有聯繫的一切領域有共同之處。顯然，渴求描述，渴求比擬主要依靠新奇的現象外表。起初，在這一方面的衝力是「外延的」，而不是「內涵的」。發明層出不窮的年代，使歐洲人領悟到他們自己慣用的道德標準與現存的文化有很大的差異。美國和東方諸國的新世界，以及被古典文藝復興和新考古學的出土文物揭示的被重新發現的舊世界正在使各種經驗煥然一新。後來，通過現代技術的成長，爲現代世界「內涵的」複雜情況提供了刺激。渴望自然主義的發展方向是與新的需求和正當的理由齊頭並進的。但是現象的領域如此廣闊，規範化先得的地盤就讓位於自然主義了。

　　另一條在知識界互助與互斥的界線是介於系統論者與印象主義者之間。創造系統者經常傾向於一種精工細琢和邏輯一致的結構。印象主義者滿足於形式的較少僵化。在前者的團體中是論文作家；在後者的團體中是散文家，受人歡迎的演說家，健談者和社論撰寫人。在緊張時期，那些懂得如何利用一切媒介去激發群眾感情的人可以得到許多榮譽的機會。因此那些能控制印象主義媒介的人可能不願寫論文，寧願寫小冊子或作演講。

　　但是，任何新的社會制度或任何緩慢成熟的社會抗議運動爲創造系統者提供了大量機會。十八世紀的百科全書編纂者把對新知識的系統化作爲修改流行的社會體系的一種手段感興趣。論文家如馬克思和恩格斯等人能在教育水準很高的社會中爲抗議文學的研究作出貢獻，

這是因為在這樣的社會中革命潮流集結力量已有多年了。一個新的政權在現代社會中逐漸強大之後，就要著手編纂用象徵表示防禦的著作。義大利法西斯分子在掌握政權期間使用瞬息即逝的通訊的宣傳工具；但是一旦執政，就開始編纂法西斯的百科全書。

再有一個是闡述和描寫技能之間的差異。說明傾向於抽象；描寫接近於具體。描寫的技能包括描寫的散文、詩歌、素描、繪畫以及有關手段。說明完全致力於詞語的釋義和對詞語之間的聯繫作形式上的敍述。巴萊多(Pareto)⑨的《政治經濟學》(*Cours D'economil Politique*)就是那樣的作品。有時內容豐富的詳情細節用煞費苦心的數量形式加以總結，如在韋斯利‧米契爾 (Wesley Mitchell) 所著的《商業周期》(*Business Cycles*)一書中即是如此。說明更常用的形式是用實例來修飾定義和見解（比如，本書所安排的程序）。

在論述各種文體代表人物之間的競爭往往用極度的諷刺手段表現出來。系統主義者的論文常被看作無根據地賣弄學問，脫離實際的奔放，對知識的歪曲以及令人迷惑的密謀而被摒棄。另一方面，印象主義的散文常被系統主義者看作油嘴滑舌、不負責任的職業賣文而不屑一顧。學院派哲學環境養育了系統主義者；因此，印象主義者對「學院派哲學」這個詞的陳腐臭氣嗤之以鼻。

闡述者和描寫者之間的無禮的你來我往的諷刺，說它尖酸刻薄也並不過分。我們文化的「藝術」形式大多數是描寫的。描寫派的代言人會對闡述者風格難以忍受的枯燥無味而抱怨，並聲稱語言要用它的「心」而不是用它的「頭」來感動人。闡述者可能把描寫者都視為對幼稚的思想方法的迎合，他預言，將會有一個更加合理的世界拋棄「印象頭腦」的產品。

---

⑨巴萊多：經濟學家（和社會學家）一八四八～一九二三年，居住於瑞士和義大利。

　　那些擅於自然主義分析的人可能頌揚「客觀性」的優點，並屈尊地論及那些想像當今世界上對他們個人偏愛的制度作冗長的精心描繪感興趣的人。那些規範性語言風格的專家們會以非議的口吻提到鴕鳥般的人缺乏道德上的熱情，這些人在價值戰爭降臨到我們頭上時，便把他們的頭埋在科學的沙堆裡。

　　所以每一個有技能的專家至少都萌發了神話的幼芽，以此名義可從他的同伴處得到可得價值的額外的部分。柏拉圖 (Plato) ⑩爲我們的社會樹立了有識之士神話作家的典型，他富有詩意地夢想成爲「哲王」，在後者身上有無限知識凌駕於無限權力之上。把作象徵的專家對作爲一個團體的象徵專家來說，就狹義而言，那些擅長爭辯的和物理學家兩者都是知識分子。神話寫得最多的一個作家是Ｈ・Ｇ・韋爾斯。儘管他能找出小說化的唯美主義者，落後的好爲人師的腐儒，超脫塵俗的學者，寫不體面評論的自鳴得意的大學知識分子，但是韋爾斯先生還是贊揚「智力勞動者」。

　　我們從韋爾斯先生所著的《自傳文學的實驗》(*Experiment in Autobiography*) 一書 (第二頁) 中看到腦力勞動者並非過著低於正常的生活，而是在一般以上的生活。他的議論不是一種「遁世」，而是一種「獲權的方法」：

　　人類正愈來愈確實地意識到擺脫個人的刻不容緩，去從事少量的在人類社會裡日益增加的活動並非指賭博，幻想，酒醉或自暴自棄以及基本生活中的一種懸而未決的放縱；恰恰相反，這是對基本生活鼓氣的方法，雖然基本生活是列於次要地位的，但卻仍然是完整的。實質上，這是要在一場全面地改善生活的競賽中，要求一個參與者強迫

---

⑩柏拉圖：公元前四二七～三四七。希臘哲學家。

接受這種基本生活。在調查研究中，在工作室裡，實驗室中，在政府機關以及探險的遠征中，一個新的世界正在發育和成長。這不是對舊世界的否定，而是一個世界的巨大發展，在一個多種族的綜合體中，人的目的最終將引起人類的全神貫注。我們有創造力的腦力工作者正在改善人類的生活。

上述各章已對技能的前後左右進行了詳盡描寫。看來，歐洲的作戰技能在封建時代是取得權勢的主要途徑。後來，組織技能對鞏固國家君主的王位是很重要的。在十九世紀和二十世紀初期，談判的技能能使人成爲富豪。在世界大戰和革命中表現二十世紀世界的不安，使人有許多機會培養宣傳的技能（列寧、墨索里尼、希特勒證明了這一點）。一旦新的意識形態在公眾的感情中得到鞏固，宣傳家的作用將消失。這對主張暴力的人有裨益嗎？對談判者有裨益嗎？對禮儀專家有裨益嗎？

第七章　階級（Class）

　　政治分析包括事件的階級產物。階級是一個有類似職能，地位和觀點的主要社會團體。

　　一場革命引起階級領導層的轉換。南方農場主對美國政治的影響因南北戰爭的爆發而受到削弱。在世界舞台上，工商業資本家替代農場主的現象也屢見不鮮。十八世紀末，在法國災難性的暴力事件中，這種轉換就已發生。縱觀世界，美國南北戰爭的影響有一定局限性，而法國革命卻標誌著一個新的社會結構登上了最大的權勢地位。由此，法國革命可以看作是一場世界革命，繼法國革命之後下一次世界性革命發生在一九一七年的俄國。

　　世界革命已伴隨著領袖人物的統治詞彙的急速變化。英國專制主義者詹姆士一世（James I）在貴族革命前夕，曾說過這樣一段話：「懷疑上帝是無神論和褻瀆神明，同樣，一個臣民懷疑其君主的能力，也就意味著放肆和輕蔑」。

　　布塞特（Bossaet）主教在資產階級革命前的言論與詹姆士的言論如出一轍。布塞特主教由路易十四（Louis　XIV）任命主持道芬（Douphim）①的教育工作。他說：

　　「上帝是完美和美德的統一，君主同樣也凝聚了社團中所有個人的力量」。

　　當君主制和貴族制被摒棄以後，篡權者使用了一套全新的詞彙。

———————————

①道芬：（自一三四九年起到一八三〇年止）法國皇太子的稱號。

一七八九年八月二十六日法國國民大會通過的「人和公民的人權宣言」
的第一條這樣寫道：「人生來自由，享有平等權力」。第二條列舉了自
然的，非條文規定的人權種種。

　　在俄國，當君主制、貴族制和富豪統治被取代後，當權者使用了
另一種強有力的詞彙。一九一七年十一月十八日，在人民委員會主席
列寧發表的宣言中有這樣一段話：「同志們：工人、戰士、農民、一切
受苦受難的人，這場工農革命在彼得格勒取得了後勝利，擊潰並俘虜
了受克倫斯基 (Kerensky) 欺騙的哥薩克一小夥人的最後殘餘……，
工農革命已經勝利在望，因爲這場革命贏得了大部分民眾的擁護。我
們的身後是全世界大多數被奴役、被壓迫的人。我們爲正義而戰，勝
利是屬於我們的。」

　　從「君權神授」到「天賦人權」，再從「天賦人權」到「無產階級
專政」，這就是現代世界政治歷史主要詞彙的演變過程。每一次，一種
抗議的語言，一個烏托邦的希望，變成建制秩序與意識型態的語言。
掌權的領袖人物以母音和子音的新的組合，從民眾那裡贏得忠誠，榨
取血汗，徵收賦稅。

　　這種領袖人物階級組合的突然變化，帶來了習慣做法和詞彙方面
的創新。法國革命帶來並確立了一系列變革：確立成年男子普選權；
廢黜教會；明確宣傳和討論的相對自由；議會有凌駕於行政部門之上
的最高權力；廢除了階級之間各種形式的法律歧視。通過改革關稅和
賦稅制，制訂了有利於商業和工業發展的政策。通過把農民變成土地
擁有者來鼓勵個人所有權。這一切都在「人的權利」的名義下變得合
法，而且被深深地嵌入民族情感的厚牆。

　　一九一七年俄國革命的模式是歷經不同革命危機階段而成型。較
爲明顯的是所有組織起來的社會生活各種形式的政府化。到一九一八
年六月底，銀行、保險公司、大型工業、礦山、水上運輸，以及以前

由私人公司經營的幾條鐵路都已收歸國有，沙皇和各省政府所欠的外債被拒絕償還，私人企業中的外國投資被沒收，對外貿易被壟斷。隨著大型集體農莊的發展，作為特定社會階層的農民已不復存在。

一個單一的政黨控制了一切事務，壟斷了法律。革命伊始，在俄國有幾個有影響的權力中心。共產黨就是其中之一。各地蘇維埃政府是行使權力的中心，但這不意謂受政黨統一紀律的束縛；當時還存在著反對黨。祇是在不斷地同外來干涉、饑荒和反叛威脅進行的鬥爭中，工會和合作社才被黨所牢牢控制。危機勢必導致集中或崩潰。共產黨政治委員會成了國家的領導中心。

在政府化的社會組織裡，收入的差異較之革命前縮小了。這種相對的平均在一九二一年前連續不斷的衝突中表現尤為突出。個人想獲得成功主要是依靠共產黨，祇有共產黨才能提供步入有權勢的顯要職位的道路。

這是一種「無產階級專政」或至少是無產階級名義下的專政。這不是一個社會主義國家，因為民主的形式還未確立，這也不是一個社會主義社會，因為政府不得不採取高壓統治。「國家的消亡」(the withering away of the state) 是對將來的一種期望，祇有等到新社會的不同團體取得自發的一致意見後，才得以實現。

在理解干涉的事件方面，世界革命無疑是重要的標誌。例如，法國革命以後的有些事件可以被看作是促進，另一些事件則被看作是阻止象徵和習慣做法的新革命樣板的各種詳情細節的傳播。一些事件直接導致了俄國革命的爆發。由此看來，所有歷史事件都可被視為上一次革命與下一次革命之間的過渡。

法國革命後，法國「民主」的樣板的種種詳情細節被紛紛採納和效仿。英國擴大了議會特許權，朝普選權邁進了一步。即便在革命沒有剷除君主制的地方(例如在俄國)，議會開始了對行政部門行使了更

大的控制權。除此以外，爲了公共承認農民和小農場主的利益進行了土地改革；爲了促進商業、工業和財政的發展，國庫收入作了調整；民主的國際主義的詞彙也爲更多人使用。

現在，掀起了一場規模宏大的反對產權制度的政治抗議運動，因爲該產權制度使民主民族主義得益不少。馬克思主義超過了「空想」社會主義和無政府主義者，豐富了佔主導地位的思想，那些反領袖人物就企圖藉此名義接替這一已建立的體制。

當我們參供前後兩次世界革命的模式解釋問題時，不難發現，同一事件往往含有革命和反革命兩種意涵。對於義務教育和普選權的要求往往促使工人、農民和中下層社會維護其政治權益，從而可能導致以這些階級名義爆發的革命，這可看作是一種進步。但是，教育和選舉權所帶來的某些後果不利於世界革命的傳播。滿足了這些要求後，一些政黨在市政議會或是國家議會中獲得了席位，但卻因此每每失去革命熱情。黨的領導人物深受民族思想意識的影響，變得更熱衷於表現其愛國性，而不是無產階級革命性。

生活在法國革命和俄國革命之間歷史事件長河中的人們，若是頭腦清醒，方向明確，一定會意識到每一次事件對於擴張或是制約這些革命樣板所起的作用。

俄國革命後，正確的自我意識在於預言現時的事件對於上一次革命和下一次革命的承上起下的作用。鑒於上次革命時隔不久，我們容易看清導致革命爆發的直接因素，但要描繪下一次革命的輪廓卻絕非易事。尋找這種意識並非一勞永逸，這是一個歷史長久的過程，對時代的前進不斷作出估計，根據可能產生的階級產物，對自己加以評析。

我們解釋一九一七年革命傳播與其限制在當時意義時不是毫無指引的。世界革命在人類歷史上並不罕見，可沒有一次革命發展到全面霸權的地位，也沒有一次革命能通過一套統治的象徵和實踐把世界統

一起來。有限定的辯證法較之冗長不節制的辯證法更爲有效，世界革命總是停滯不前。而缺少普遍性。

　　人們將不會忘記，法國那些打著博愛（自由、平等、博愛）旗號奪取權力的人並沒有爲全人類所接受；在俄國，那些以世界無產者的名義取得政權的人，也未能得到世界上所有無產階級的承認。或許，使法國領導人實際上失去普遍性的矛盾，也同樣會制約俄國的領導人。顯然，我們要加以考慮的是擴張與制約的兩重性。

　　通過某些收集、顯示數據的特殊方法，我們可以關注總的形勢的主要方面。我們看到的是時代的前進步伐和歷史事件的潺潺流過。在這源遠流長的小河上作了一個橫切，以圖表表示象徵和習慣做法在地理位置上的分佈，我們可以取得較深的理解。

　　如果在橫斷面上取較大的間隔，我們便不會拘泥於繁瑣的細節，而脫離現實。也許五年的間隔較爲適中。所以，我們可以選擇一九一七，一九二二，一九二七，一九三二……。現在有翔實的史料能把五年的橫斷面向前延伸至俄國和法國革命之間的歲月；假如我們再往前推移，那麼由於史料不詳，所取的間隔可能更大些。

　　一九一七年革命樣板的特點可以在此作一簡單總結。一些帶有褒意色彩的詞（加上象徵）是：

　　　共和國　　　無產階級
　　　蘇維埃　　　世界革命
　　　社會主義　　共產主義
一些帶有貶意色彩的詞（減去象徵）是：
　　　君主制　　　帝國主義
　　　宗教　　　　議會制
　　　資產階級　　資產階級自由主義
　　　資本主義　　和民主

一些習慣做法，其中並非所有的習慣做法在革命之初就實行的：

　　政府化（組織起來的社會生活）

　　平均化（收入）

　　壟斷化（單一政黨對法律的控制）

　　歷史事件長河中的任何一個橫斷面，都顯示了擴張和制約的延伸。
這些關係可歸成幾類：

　　完全的擴張

　　地理差異的制約

　　部分合併的制約

　　職能差異的制約

　　完全擴張體現現在蘇聯國內統一的會員制和堅持一九一七年宣佈並
開始的象徵和習慣做法。自從發生國內戰爭和外來干涉以來，蘇聯的
領土很少擴張，整體的地理上的擴張因此被阻止了。發生在蘇聯的變
化是否孕育了世界革命，這一點將在下面的章節裡加以闡述。

　　地理差異的限制產生於人的思想和宣傳，它強調新革命運動中心
事件的地區、教區、省分和受限制的自然界。新一代革命領袖人物的
出現，使周圍的社會名流惶惶不可終日，他們力圖保護自己，免受外
部和內部對其優越地位的威脅。他們努力爭取民眾的合作，把外來的
威脅說成是來自他國的異端，強調他們自己同本地區利益的一致性。
因此，以人類的名義發動的革命被當作法國革命，以世界無產階級名
義爆發的革命則被視為俄國革命。限制外來威脅的努力在於強調地區
主義：普魯士王朝和封建集團，用德國國家主義的思想團結社團中的
平民百姓，以反對法國人；同樣，波蘭人及其他新獨立的民族，在一
九一九至一九二一年抵抗了俄國人。

　　部分合併的制約是這樣一個過程，在此過程中借用新的革命政權
的成功象徵和習慣做法作為對地區主義的讓步。這種「我，也是，可

是」的手法，是這樣表明是和非的：如果提到的是「民族」，那麼就讓
「德國民族」有一種特有的氣質；如果「社會主義」是一種美德，那
就權當這是「德國國家社會主義」；如果革命是一種益處，那就把它作
爲我們自己民族的革命。

最快爲國外效仿的革命樣板的詳情細節是最缺乏新意的。把世界
上國家的政權形式作一圖解，便可窺見一斑。推翻皇帝是資產階級革
命的主要貢獻，類似的運動在俄國以外的地方勢不可擋，常常消除現
存的不滿情緒，減少建立無產階級政策形式的機會。下表描繪了在一
九一七年革命運動爆發前的情況。另外，此情況是引用一九一七年年
底前發表的資料。其數據選自如《政治家年鑒》和《世界政治手冊》
等可靠資料。沙烏地阿拉伯和伊拉克在一九三二年被首次列入其中，
殖民主義國家一般除外。

年 份	君主專制政體		有限君主制		議會君主制		總統制共和國		議會制共和國	
	數量	百分比	數量	百分比	數量	百分比	數量	百分比	數量	百分比
1917	6	.10	7	.12	17	.30	21	.40	5	.08
1922	3	.05	5	.08	18	.29	21	.34	15	.24
1927	2	.04	4	.06	19	.30	22	.35	16	.25
1932	1	.02	7	.11	19	.29	21	.32	17	.26

一九一七年，共有五十六個國家，其中十三個國家或百分之二十
二是君主專制政體或有限君主制。一九二二年，國家數量增至六十二
個，其中八個或百分之三十三是君主專制政體或有限君主制。到了一
九二七年，這兩類體制的國家降至六十三個中的六個，即少於百分之
十。到了一九三二年，六十五個國家中祇有八個即百分之十三。最大
的變化是議會制共和國的增加，包括蘇維埃和非蘇維埃兩種形式。在
此期間，贊同共和國的君主制國家從百分之五十二降至百分之四十二。

如果政權的形式按人口來歸類，一些特定的變化被強調了，如果
提到的年份沒有正式的記錄，所有數字的年份是最接近那一年的數字，

除中國外，如資料中的數字有牴觸，則我們引用其中最大的數字。人口以百萬計。

年　份	君主專制政體		有限君主制		議會君主制		總統制共和國		議會制共和國	
	數量	百分比	數量	百分比	數量	百分比	數量	百分比	數量	百分比
1917	64	.04	675	.46	171	.12	189	.13	374	.25
1922	27	.02	401	.25	203	.13	200	.13	745	.47
1927	20	.01	396	.25	215	.13	210	.13	786	.48
1932	6	.01	455	.26	210	.12	231	.13	830	.48

上表告訴我們，在一九一七年，有百分之五十的人口生活在君主專制政體或有限君主制國家中。一九二二年的比例是百分之二十七，在以後的兩個年份裡也保持不變。此表強調了議會制共和國的擴大，各國全體居民的比例從四分之一增至二分之一。

一九一七年革命樣板的一些較新的內容傳播較慢。把事實彙集起來會清楚地表明，組織起來的生活的政府化在蘇聯境外發展迅速。如果在第一次世界大戰期間，這種政府的控制是合法的，那麼把一九二一年的情況同戰後有記錄的變革相比，這種論斷便可成立。即使在美國，同一九二九年大蕭條有關的一些民政事件也同樣受到政府權力擴張的影響。再建金融公司的成立就是這一趨勢較早的引人注目的一例。

透過極無規律運動，一個總的發展趨勢是收入的平均化。中歐和東歐的非蘇維埃國家，通過分割較大的地產，以緩解人們的不滿情緒，贏得對其非蘇維埃政權的支持。在另外一些地方，高收入稅和繼承稅又推進了平均化趨勢，但這些政策往往因對普通消費品強徵較高的稅收而遭受挫折。「共享財富」在美國成了一句實用的政治口號。

一個單一政黨對法律的壟斷在德國、義大利表現最甚，中國、土耳其和南斯拉夫次之。

顯而易見，地理差異和部分合併造成的限制大大限制了蘇聯的影響範圍。除此以外，還有功能差異的限制。上一世紀的歷史表明當法

國革命被公認為「資產階級」革命時，政治發展達到了一個轉折點。為有獨創見解的法國革命領袖人物所用的詞彙是具有普遍主義的涵意。把革命歸諸「資產階級」革命，意味而且斷言一個特殊的階級以多數人的名義謀少數人之利。一七八九年以後的一些年月，發生了一系列戲劇性的事件，從中得益最多的是資產階級，而不是整個人類。

這一事實是對革命根本目的的衝擊，對佔統治地位的神話的挑戰，對欺騙的偽裝的揭露。它直接針對同上次革命的象徵和習慣做法保持一致的領袖人物，無一例外。一場新的革命大廈的思想基礎已經樹立。新的抗議呼聲，新的「烏托邦」許諾即將產生，衝擊著現行的思想意識。在十九世紀的術語學中，資產階級的替代詞是「無產階級」。隨著馬克思社會主義理論的完善，一個形成中的新神話暫時變得鬆散，為的是在一連串不滿聲中，贏得支持。等到有這種新思想的人在俄國奪取政權，這種思想才達到頂峰。

功能分化的發展是否投下對俄國革命的普遍性產生疑問？是否有人懷疑革命的階級影響不僅使整個無產階級，而且同樣使其他階級都有所得益？

一些工聯主義者或許會認為，體力勞動者的下層，尤其是失業大軍，受俄國革命發言人的口號鼓動而誤入歧途。或許，現代政治社會主義的上升是權力爭鬥的一個階段，「知識分子」成功地同勞工聯合起來，從貴族、富豪手中奪得了政權。一旦確立政權，他們通過控制黨派和政府，給與有特殊技能的人以特權。從事技術工種和組織工作的人員受到尊重和獲得較高的收入，而體力勞動者卻無此厚遇，知識分子已經論證了馬克思並非想建立收入機械平均制，所以，社會最下層，技術不精的人是不滿現狀、懷疑「官僚」的潛在因素。

這樣的分析方法把俄國革命看作是非資產階級奪權的小事一樁。是一種俄國式的認識事物的趨勢。這一趨勢在義大利、德國及其他地

方發生的事件中亦有所體現。

　　在我們時代表面上的政治騷亂中存在著的共同因素，可能是中等收入的技能集團上升到權力層。儘管俄國共產主義、義大利法西斯主義和德國國家社會主義有其矛盾、離異的一面，一場新的革命正在醞釀之中，它將獨立在蘇聯境內實現。中等收入的技能集團打著「國家工人」的旗號，以「地方愛國主義」和「仇外主義」的名義，靠犧牲貴族、富豪的利益，當了權。

　　坦率地說，中等收入的技能集團還沒有找到一個共同的目標，也未能對其賴以團結的內部犧牲原則有所認識，對其歷史命運不曾完全理解。在歐洲，他們的分裂導致了政治災難，但在美國，可能會有更多的時間去尋找一個共同的目標，統一的政策以及共同的政治使命感。

　　由於缺乏自我意識，小農場主、小商人、低薪知識分子和技術工人自相爭鬥，而不是團結奮鬥。十九、二十世紀的工人運動非但沒有解決，而且在許多方面加深了中等收入的技能集團的內部矛盾。他們中的一部分人迎合了那些靠工資爲生的人。這些人包括工會組織者、工會編輯、工會秘書、社會黨組織者、社會黨秘書和合作社官員。這些人往往是老一代中等收入的技能集團的「叛逆者」。他們的父輩可能是商人，農場主，教師和官員。其他的則來自體力勞動者階層，他們通過培養演說技能，知書識理的能力和管理技巧，學會了擺脫體力勞累。

　　老一代中等收入的集團十分嫉恨那些無產者出身或同無產階級交往過密的技能集團。使他們憤憤不平的是這些有著相同技能的人祇不過用了一些不同的詞彙便飛黃騰達了。傳道士、教師、律師和記者靠的是喉舌，而不是二頭肌。當勞苦夥伴通過貶低「資產階級」和誇耀「無產階級」使他們自己列入工資名單時，不滿變成辛酸，腐敗轉爲義憤填膺。

　　這一切在老一代資本家看來是何等虛僞。當無產階級的發言人聲稱這一集團不過是剝削者的工具時，挫傷之上又平添了侮辱。不難理解，德國國家社會主義者掌權後，在各個部門，清除了「共產主義者」、「社會民主主義者」和「民主分子」，把他們送進了集中營，取代他們的是同老一代中等收入的集團一脈相承，被人們稱爲「國家社會主義者」的人。

　　如此激烈的內部鬥爭表明，這一社會組成還沒有鞏固自己，沒有取得完全的階級覺悟。它缺少始終如一的政策，團結的象徵，及關於其歷史使命的有生命力的理論。美國中等收入的技能集團較典型的做法是，把精力放在限制奴隸制和揮霍浪費上，努力鏟除酗酒，賭博和賣淫。對於工業集中化產生的不平等現象的種種不滿，化爲控制「不平等競爭」，和爭取「容易得到的信譽」的努力中得到緩解。那些處在後退地區的農場主和小商人響應了「十六對一」、「反壟斷」和「新自由」運動；但是「恢復競爭」的結果是使組合複雜化。耕地較少的農民、商業職工、職業和技術工人中間沒有其自身統一有效的政治理論。

　　布賴恩 (Bryan)、羅斯福和威爾遜 (Wilson) 執政時耗去的精力也許可以用來加強一些理論的研究，闡明中等收入的技能集團的特殊要求。可以想像，在那些年月裡，低收入的農民、店主、教師和牧師或許能學會要求運用國家稅收手段來消除收入不合理的現象。如果他們瞭解到美國實質上祇有一個政黨這麼一個事實，他們便不再會在一個共和制政黨的共和派和民主派之間區分他們潛在選票的多寡。

　　今天，中等收入的集團因失去太多的特性，已較難把他們同無產者和貴族區分開來。對於「中產階級」這個名字，中產階級的個人主義感到有些厭惡。可以作些分析，但卻不宜作宣傳。爲了把自己同「異己的」無產階級區分開來，中等收入的技能集團愛好「市民」、「美國人」、「愛國者」這樣一些意義不甚明確的詞。而這些詞恰恰是受較大

的工業、商業和金融界操縱的蠱惑人心的政客們所經常使用的。

因為對國家政策缺少一個令人鼓舞的目標與明確的要求，中等收入的技能集團沒有與其美德和命運相關的政治神話，可以認為，連接這個階級的紐帶包括外部和內部兩個方面。就外部看，它在財富上比不過貴族，從內部看，為了獲得有用的技能而作出的犧牲有其道德價值。通過培訓獲得技能的過程需要「自我約束」，這也是技工、知識分子，和企業家相互尊重的基礎。

不同國家的中等收入的技能集團可能把他們的歷史使命想像為在爭取社會主義的鬥爭中重新獲得主動性。十八世紀，中等收入的技能集團的使命是在砸碎封建君主社會的鎖鏈，試圖建立犧牲和報酬之間均衡原則中與前來的人通力合作。

在十九、二十世紀，隨著現代工業主義的擴張，產生了一個富豪集團(plutocracy)。它的存在表明，犧牲和報酬之間的平衡被徹底打亂。中等收入的技能集團明確了自己的政治「使命」，即在犧牲和報酬方面用改變社會習慣做法的手段，對社會進行道德再教育。

當中等收入的技能集團作為一個有效的社會組成部分獲得了尊嚴和洞察力後，它將會看到自己已成了心理障礙的犧牲品。中等收入的技能集團一直忠實於個人主義的詞彙，即使在由這一詞彙支撐的習慣做法產生了犧牲和報酬之間的巨大差異之後。

儘管障礙重重，我們可以證明：中等收入的技能集團正在向最後的勝利邁進。商業、工業和金融資本主義無法改變的進程促使這一集團參預政治活動。也許中等收入的技能集團物質收入沒有太多的下降，但在心理所得和尊嚴上卻失去了很多。這個技能集團、特別是老一代的技能集團，一方面受到代表無產階級組織機構的困擾，另一方面，又為富豪強有力的合併所脅迫。

在德國，戰爭、失敗、通貨膨脹和蕭條在一代人的心中投下陰影。

在絕望的刺激下，老一代中等收入分子夢想在國家社會主義運動中，部分地實現本人技能的充分發揮，竟至於把領導權交給希特勒這個哈布斯堡（Hapsburgs）海關小官員的兒子。義大利法西斯運動也被一個曾混跡於無產階級的人所利用。墨索里尼在成年後，改變了他的政治信仰。殘害以前的朋友，就這點來看，他可說是個叛逆者，但從階級意義上看，墨索里尼卻是個回頭的浪子。

義大利和德國的運動是發生在上次世界革命樣板被制約或是被普及過程中的幾個插曲。莫斯科的主宰被斷然拒絕；但由此便認爲革命本身已經死了，這將會是一個錯誤。把新模式的象徵和實踐接過來意味著再次制約的開始。恰恰是在法國人對革命的主宰被斷然拒絕時，法國革命的模式仍然在廣爲傳播。

把俄國革命當作「第二次資產階級革命」可能會促進其他國家中等收入的技能集團的奪權進程，雖然這不是在莫斯科的指令下進行的。祈求無產階級的名義亦是對俄國革命抱負的一種貶低。工聯主義者呼籲體力勞動者起來反對官僚政權，這其中孕育了「自下而上」的下一次偉大革命大動盪的萌芽。然而許多跡象表明這種鼓動不會在以後產生任何作用。而在另一方面，「技能革命」卻越來越具有普遍性。

這一章闡明了這樣一種觀點：政治事件可以被看作一個階級的控制到另一個階級的過渡。法國革命標誌著資產階級的上升，而俄國革命卻意味著小資產階級和技能集團的崛起。下一場革命是以體力勞動者的名義反對由社會主義造成的官僚政府。在俄國，已經取得權力的領袖人物的視野已受到相同過程的制約，該過程已制約了革命的法國領袖人物的視野。但是新革命樣板的主要特徵將在一個不團結的世界裡繼續朝著普遍性前進。

第八章　個性 (Personality)

　　社交生活對於各種類型的政治個性的存在到底有何重大意義？在個人主義盛行的社會裡，在某些方面，這個政治性問題較之對階級和技能的分析更接近於對日常生活的態度。誰沒有把政治戲劇性地看作是斯大林與托洛茨基之間的明爭，或羅斯福與胡佛 (Hoover) 之間的暗鬥呢？而下的賭注不管是遭到流放還是登基上台，是享受總統的生活待遇還是維持以往的普通生活，是步入華盛頓還是待在古老的家鄉，這場政治賭博的雙方都可被視爲是相同的有血有肉的人，而從人的角度看，他們的命運又是那樣地激動人心。

　　然而，並不是個別的湯姆，狄克 (Dick) 還是哈里的命運能夠引起我們的興趣。政治分析更注重的是普遍現象，而不是個別現象。我們的任務就是要檢驗那些影響個性代表人物的成功與失敗的因素。我們必須把富蘭克林們，貝尼托們 (Benitos)，阿道夫們和約瑟夫們看成是個人發展的更普遍的類型的例子，然後，才能把這些人物與他們的前輩、同輩和後輩相比較。

　　長期以來，小說家、詩人和畫家都被一些微妙的細小差別吸引住了，這種細小差別把人們緊密地連結起來，或者指責人們忽視由於誤解引起的似乎是不可調和的重大分歧。在階級和技能爭鬥的表面現象後面，個性的辯證法在起作用。在《卡拉瑪佐夫兄弟》(*Brothers Karamazov*) 一書中，對主觀事物較爲微妙的細微差別進行了描述。這種微妙的細微差別把人與人，個性與個性劃分得一清二楚。當代大學生也試圖摒棄描繪性語言，而採用說明性語言對這種含糊不清的領

域加以闡述。這類闡述性著作，例如佛洛伊德，克拉格(Klages)，榮格 (Jung) 和克萊斯姆 (Kretschmer) 等人的作品，已經成為西歐文明社會有教養的男男女女的共同遺產。

　　政治生涯，用最狹義的話來說，就是充滿鬥爭的一生，它首先具有的是能夠使自己與周圍環境保持積極聯繫的人。感情衝動必須在人類環境中加以具體化。一種充分發展的政治個性能夠把某個動機與某種技能結合起來，採用足以取勝的技能去融化感情能量來使感情衝動具體化。

　　這種具體化了的感情衝動的要求便立即把某些人從紛亂的政治競技場中排除出去，因為這些人無法得到一種使他們能夠充分自由地在現實社會中表現自己的感情生活。請看一看那些躺在慈善機關的病房裡，精神上遭到徹底崩潰的殘疾者罷；請關心一下這些深受嚴重精神病折磨的人們罷！一些病歷所提供的證據是令人信服的，那就是一個人頭腦裡的動機系統和同一個人頭腦裡的其它動機系統很明顯地不協調，以致這個人的全部精力都消耗在自我鬥爭中了，對社會賦與他的任務無力承擔。這種人可能麻木不仁地度過了一天又一天，一星期又一星期，似乎忘卻了一切身外之物。

　　這種完全是內在的病態現象提供一個與積極的政治人物最鮮明的對照。一個政治家把他自身的動機轉移到公眾事業上，並且聲稱是為了公共的利益，因而這種動機的轉移就罩上了一層合情合理的色彩。在獲得權力的過程中，一旦這種感情上的，象徵性的調節與一些有利條件相結合，那麼，一個能務實的政治家便脫穎而出。

　　有些問題與政治上的動機和技能的綜合有關，我們不妨通過亞伯拉罕·林肯在其成熟時期的所作所為來對這些問題加以探討。林肯在大庭廣眾前的表態以及他在政府決策上是很果斷的，體現了其靈活性，使他的策略適應了當時現實社會的千變萬化；他對時局保持了強大的

然而又並非是盛氣凌人的控制。也許他與他的國防部長斯坦頓 (Stanton) 不同，斯坦頓的堅韌與活力往往帶有極度殘暴的色彩；林肯與麥克萊倫將軍又不相同，麥克萊倫對戰爭似乎從來都是毫無準備的，他對緊迫情況下的前進總懷有牴觸情緒，這不是因爲他的堅定態度，而在於他的否定態度，而且這種否定態度常常摻雜了一絲不知不覺的膽怯；林肯也不同於格里利 (Greeley)，一個激進的新聞記者，後者曾經制訂了許多空想的權宜之計。

林肯給大衆留下的印象還有其不可分割的一面——溫情。他的仁慈被到處傳頌，在他的同事中間也被傳爲佳話。那些和林肯關係比較親密的人親眼目睹了他對自己的親戚過於寬容，缺乏堅定性，他們還目睹了他在管敎自己的孩子時顯得那麼無能，而對他那苛求的妻子則更是過分放任。對於這種溫情的正確衡量是，既要看到其持續性一面，還要看到其惱怒性一面。林肯難得流露出他的憤怒，不過有一次，一位軍官爲了「強迫」總統批准他的申請，輕蔑地對林肯說道：「我明白了，你已經鐵了心不給我主持公道。」林肯的臉由於痛苦而痙攣，據說他一把抓住那軍官的衣領，並且粗暴地將他趕出房去。

林肯的憂鬱給他同時代的人也留下了深刻的印象。人們經常看到他那鬱鬱沉思的雙眉，深陷的雙頰，炯炯有神的眼睛和從容不迫的儀態。在葛底斯堡，人們還見到他熱淚盈眶。那些深知林肯的人發現他意氣消沉竟體現在許多方面，而憂鬱症也是其中之一。失眠、自卑感、承擔過多的責任和悲觀的情緒深深地折磨著他。有時，總統幾乎產生過自殺的念頭。在強斯洛斯維爾 (Chancellorsville) 這場戰役中，當胡克 (Hooker) 將軍準備撤退時，斯坦頓說，林肯抬起雙手，驚呼道：「我的上帝呀！斯坦頓，我們的事業要完了，我簡直受不了了！」事後，總統說，當時在波托馬克河畔他已經完全作好了結束生命的準備。

有時，林肯的才智減輕了他的憂鬱症。他的聰明才智往往表現爲

樸實的外表，這雖然迎合了那些普通人，卻也得罪了不少有敎養的人。
他對自己使命的獻身精神使他失去了越來越多的親朋好友。他的忠實，
他對同事所持的正義感，亦是顯而易見的。與他的耐心和溫情相輔的
是他能容忍別人對他的批評。當然，林肯的勇氣也是不容懷疑的。

我們暫且不對這位偉人的種種個性作詳細的總結，而先來考慮他
的一些主要特徵，那麼他身上的不一致性給我們留下了深刻的印象。
這種不一致性體現爲對待技術性事物（他對公衆的責任）的堅定性和
對待自己的妻子的依賴性以及被動的忍讓態度。同時，我們可以清楚
地看到林肯在抵禦自我意識中耗費了大量的精力，從他憂悶的情緒和
消沉的幻想到產生自殺的念頭都可以說明這一點。他那清醒的一生中
富有傷感的色調與某些人的主觀色調形成了鮮明的對照，這些人很少
有生病的時候，並且生活得寧靜和自信。很明顯，林肯用於對付環境
的巨大精力的大部分，從表面上看顯得毫無結果，而祇能妨礙自己個
性的馳騁；大量內在的精力都表現爲病態，而不是自以爲是的幻想。

有很多證據可以證明林肯非常渴望得到人民的贊同和支持。當他
得知強斯洛斯維爾 (Chancellorsville) 一戰的消息時，他的反應不僅
是「我們的事業完蛋了！」而且提出了「我們的人民將如何看待我們？」
許多其它最高行政官員都曾有過災難性的經歷，但他們都很少介意公
衆對他們的看法，同樣，也沒有在似乎失去公衆支持的情況下，產生
過自殺的念頭。

林肯個性的多面性抵禦了他對感恩戴德的過分的需求。如果他能
通過不懈地考慮正義的因素而不是時尚的因素，通過盡量少地計較別
人對他的種種評價這兩種辦法來調整自己的行動，那麼，林肯可以建
立起一緩衝地段來抵禦自己不斷地想得到讚賞的慾望的。

這種類型的人物在什麼條件下才能變得超群呢？林肯從斯華德那
裡贏得了總統的寶座，主要是因爲他的語言和斯華德的語言相比，顯

得不那麼傲慢。在共和黨召開大會時，斯華德毫無疑問享有很高的個人聲望。然而，共和黨要贏得這場競選，必須考慮到新澤西、賓夕法尼亞、印第安那和伊利諾這些不穩定州的因素。斯華德比較直率，在和民主黨候選人道格拉斯 (Douglas) 的競爭中，共和黨人將處於不利的地位。斯華德已呼籲建立高於憲法的「更高法律」。當不斷發展的危機達到這一階段時，這種行動是相當令人震驚的，它似乎暗示著他將以專橫的決心來迫使憲法的推行。北方幾個州之間產生了分裂，儘管頒佈了憲法，對於反對奴隸制度，意見尚未統一。於是，林肯的堅定性使其成為一位傑出人物。然而，他的演講有點掩蓋了這場危機的嚴酷性，林肯曾經提到要用「道德準則」來補充法律準則。他的一位傳記作家皮爾斯‧克拉克 (Pierce Clark) 曾寫道：「其實兩種觀點所含的原則是相同的，祇是林肯知道如何更好地陳述這種原則，使它不致於引起很多人的震驚，雖然他們大多數人應該能體會到這兩種觀點基本上是相同的」。和斯華德相比，林肯不那麼冷酷，不那麼傲慢，而顯得更加和藹可親。危機處於這種階段時，林肯的個性更容易為人們所接受。

競選獲勝以後，林肯帶領北方幾個州逐步地組成了統一戰線，以和南方脫離聯邦行為及堅持奴隸制的行為相抗爭。他有能力遏制毀滅性的趨勢，使北方各州適應現實，或者使它們把予頭指向他自己，這是非常適合當時形勢的一種做法。北方各州已被地方上的、地區的、宗派的和其他一些持不同政見的勢力瓜分完畢，北方人不是衝向而是擠向即將來臨的戰爭。南方人則以「我們神聖的事業」為名，團結一致，大踏步地去迎接危機的到來。林肯是憑著他的堅定和溫情，交替地命令和哄騙北方人參加統一行動的。

如果北方是一個統一的而不是分裂的整體，那麼林肯是不可能登上國家的最高寶座的。當然，南方也幾乎找不出像林肯那樣的人才。

統一的民族在遭到攻擊時顯得獨斷專橫，在危機中漸漸統一起來的民族則會變得更加冷酷無情，在某種意義上看是要表明否定以往的懷疑和躊躇。調和的個性被看成是優柔寡斷的意志薄弱者而遭到摒棄。我們將永遠不會忘記，在一八六四年林肯幾乎遭到了失敗。

如果說林肯是一個鼓動家，那是千眞萬確的。因爲，最先他祇是強烈渴望得到親朋好友的感情上的回報，而後來他把這種渴望轉變爲要得到更廣泛地人們對他的支持。另外，他在演講口才和撰寫文章方面有足夠的能力使他取得成功。然而，林肯並非僅是一個純鼓動性的角色，例如：他不像格里利（Greeley），他能夠很好地控制自己有害的衝動，很有節制地使他能夠把其他人的力量協調統一在一個整體裡。

試想當我們著手解釋由林肯表現出來的那類發展時，那麼會立即呈現出三個問題：第一，在什麼條件下，把被愛戴的渴望從主要的公眾轉移到次要的公眾？第二，在什麼條件下產生那種要得到愛戴的強烈願望；第三，什麼時候檢點和制約有害的衝動，並部分地反作用於自我？

由於在親朋好友那裡無法得到他們的青睞，於是，便把這種得到反應的渴求從親朋好友轉移到更廣泛的公眾身上。我們知道林肯的婚姻就感情而言並不成功。如果我們再進一步看看他的歷史，便會發現他在和女性交往方面不太如意。在那「一八四一年一月一日決定命運的一天」，他把瑪麗・托德（Mary Todd）一人撇在聖壇上，隨後，自己則陷入意氣消沉之中。這種意氣消沉情緒是那麼嚴重，因此醫生們在診斷這一反應時認爲是神經過敏還是精神病症狀，尙無定論。安・拉特利奇（Ann Rutledge）去世時，林肯再度陷於極端痛苦之中。進一步追溯到此事之前，在他九歲時，當他母親離開人世之際，他也痛不欲生。雖然和同齡女性相處，他顯得腼腆，而且常常徒勞無獲，然而他卻能和通常比他年長的女性相處得頗爲融洽。隨後，他又轉向政

治領域的公衆，他的這種表現可歸因於他把注意力集中到他曾在其中成長發展的環境中的政治活動上去。

這種渴求愛戴的心情源於何方？既然它在主要的範圍內無法得到滿足，那麼通過轉移是否能得到部分滿足？有些人願意通過自由交往（精神分析）和暢所欲言來認識自身。和這種人相處，我們可以知道很多有關性格形成的早期跡象。使人回憶起許多舊時的，早已忘懷的種種往事，重新發現許多過去的感情衝動。當然，在研究林肯的時候，我們不能採用這種方式，但是，精神分析學家們常常對那些能體現林肯一生中主要特徵的人物加以分析研究。

我們發現如果母親在哺乳嬰孩或用手觸摸其身體時過分縱情，則這個小孩就會表現出對這種撫愛的強烈的不可缺少。迫切地把吸吮物塞入嘴中，徹底依賴母親，要求得到撫愛，保持安逸舒適的狀態，可以使他變得力量無邊。因而，這種人往往會被對整個世界的早期看法所固定，在以後的生活經歷中會遇到很多麻煩。在接踵而至的危機中，他們易於倒退到早期的固結，並顯得極不成熟。

從某種角度看，林肯感情生活的環境在早期是不穩定的。他的父親常常顯得苛刻，有時又顯得過分縱情。這種本身自相矛盾的舉止是有損於林肯求得愛護的渴望。沒有事實可以證明年輕時代的林肯倔強地對待他父親所設置的障礙，同樣，也沒有事實證明他放棄了鬥爭，完全蜷縮在自己的世界裡。但是，有大量事實表明，每當在林肯道路上出現困難時，他極易於退縮。根據所作的記錄，在林肯一生中，每當危機迫在眉睫時，他總會重複夢見一條船，這種夢幻其實已成一種模式，在現代文明社會裡，相似的人在相同的情形下常會做這樣的夢，作這樣的描述。

總而言之，我們可以把行爲看成是通過不同的途徑，以不同的速度求得完滿結果的行動系統。完整的行動就是一系列事物從主觀的衝

動發展到具體的表現，並且使一切恢復到衝動開始前的狀態。飢餓攣縮是伴隨著對飢餓感的主觀意念和要求哺乳而出現的，正是哺乳通過消除這種飢餓攣縮，完成了整個行為過程。嬰兒的肌體具有完成下列這些行為過程的功能，如吮吸，吞嚥和排糞，當這些行為受到干擾時，便會出現替代物，或者產生執拗的狂怒的反應。如果這些反應還無法排除障礙，那麼它們便會反作用於人的性格，形成一種對該衝動過程完整的內心排斥力，通過這一過程，形成了抑制和強制的嚴密系統。(1)

　　母親或護士不僅寵愛她們的嬰兒和小孩，而且還會否定他們的一些行為。因此，對小孩而言，母親既「好」又「壞」(他們的態度因此呈現矛盾心理)，一旦這個小孩失去了所愛戴的人 (如由死亡造成)，從此，在他心裡播下了憂鬱的種子，他們的反應便受到抑制，也就是說，千方百計用幻想來代替現實。他們把「好」母親看成是完全縱情的母親，同時，對「壞」母親產生的盛怒又反作用於自己，因此，無論出現那一種極端的情況，這個人實際上代表了個性的一個部分去懲罰個性的另一部分。孩子們一旦在心理極度矛盾階段失去了自己心愛的偶像，他們的反應常常是通過消沉的機械性表示出來。隨後，度過了這段兒時的心理矛盾時期，他們開始愛人了。而且，如果他們不能常常得到愛，狂怒便會佔上風，但是，這種狂怒是內在的，以消沉或許甚至於以自殺的形式表現出來。

　　那麼，為什麼會發生這種內在自虐現象呢？那是因為他們唯恐會失去什麼。害怕受到體罰，害怕失去將來的愛情，而害怕被人們鄙夷等恐懼心理便油然而生。在執拗與狂怒的具體作用過程中也許會失敗，

---

(1)為了技術上的目的，原始的表現形式可被稱作求生本能系統，執拗和狂怒反應可謂自我系統，而其他的一些形式則稱為轉換。轉換包括全部抑制行為，部分抑制行為，自居作用，投射，色情受虐狂，獨立超然和其他一些反應。在此，我們將對此不作討論，如求詳細闡述，請參照西格蒙德・佛洛伊德的權威性論文。──作者注。

但是，這種昂奮的趨勢儘管有所抑制，卻並沒有被撤底放棄。強大的抑制勢態與強有力的衝動意念不斷地產生衝突。這種人往往不是顯得過分腼腆，就是過於謹小愼微。我們回憶一下，林肯就因有過於認眞的忠實而著稱，而他潛在的不利因素難得外露。我們唯一知道的便是他曾經發狂地攻擊謝爾茲 (Shields)，以及可能給格里茲比斯 (Gritsbys) 寫過詆毀性的匿名信 (至於其眞實性尚在爭議中)。

很明顯，我們應該把林肯劃爲部分抑制狂怒型。而相對非抑制狂怒型的人常常會和在政治活動中祇起微小作用的人發生矛盾和衝突。他們非常固執，狂暴，盛氣凌人以及充滿利己色彩。一個小孩如果已經習慣於用發脾氣和暴力的方法來對待別人的否定意見，那麼，在其青春期則很少會得到愛，並且越來越易於忿恨地堅持用原始的方法來對待整個世界。非抑制狂怒型的人可以通過恐嚇來完成他的一些使命，但是，正因爲這個世界已採取了防衛性措施，所以他們也時常遇到各種各樣的困難。非抑制狂怒型中的許多人可劃歸過分失職的，不可雇用的和有犯罪傾向的人的行列。

有些人由於固執己見征服了周圍的環境。如此的成功易使一個人深受專橫跋扈的侵蝕。拿破侖一世在二歲時就已經顯露出其固執的一面，而且他往往因此而獲勝，於是他就變得好爭，好鬥。他的父母爲了管束他的粗暴，在他五歲時便把他送入一所女子學校。那兒，他是唯一的一個男孩，所以老師和同學對他的乖戾持容忍的態度，最終還是寵壞了他。顯然，拿破侖把注意力深深地集中在他母親的意象上，而對來自他哥哥約瑟夫 (Joseph) 的競爭懷有怨恨，因此他常常對哥哥嗤之以鼻。他那麼渴望能得到其他人的敬重，然而，即使他最後勝利了，也祇能部分地滿足他的那種奢望。他還經常塑造一個劣等的自我形象，然後和自己爭鬥。在貝雷那 (Brienne) 軍事學校求學期間，在他同伴中，他覺得自己是個劣等生，毫無希望的劣等，因爲他的身

高才五點五吋，他甚至私下裡擔心自己的性功能萎縮，於是，他的性生活極為頻繁，以證實自己是個十足的男性。然而，在拿破崙的一生中亦常常陷入憂鬱的情緒之中，並且幻想自己是個低劣的人而招致孤立。在某種程度上，幻想和沾沾自喜的言語能平息他的這種情緒與想法：「我絕不是個平庸之輩，禮節與道德準則是不適合我的。」但是，他也常常擔心別人會陰謀策劃。從本質上看，拿破崙更接近於眞正政治家的類型。為了實現自我，他渴望從他的同事那裡得到敬重，而且這種渴望是永遠也無法滿足的。因此，對於事物本質的客觀進程或美好的一切，他都沒有持久的興趣。他為受傷的自我尋求成功的芳香，他永遠都在舔自己塑造的殘缺肢體。

在共同危機中，抑制狂怒型的人在受到損害時，其抑制力往往會有所鬆懈，他們易於把自己和那些能被公眾接受的象徵與習慣做法結合起來，以強化自己的個性。因此，在接近情緒不好的、桀驁不馴的、不耐心的狂怒型人的政治角逐中，這些人可以起到一定的作用。

還有一種完全抑制狂怒型。我們可以用一描述小孩的通俗詞語來對此進行概述，那便是「其意志是消沉的」。這種人不具備敢做敢為的性格，他們把周圍的環境看成是極其危險的，因而自己也變得異常膽小怕事。

部分抑制狂怒型的人可能是極端的色情受虐狂。林肯忍受了極度的內心痛苦，在磨練堅定意志的形式下，顯露其敢做敢為的衝動，而對不利身心健康的內疚亦未有所積澱。所受的折磨抵償了內疚，釋放了表現出來的衝動。儘管他所受的折磨是顯而易見的，但這卻也贏得了與他交往密切的朋友們的同情。對於內心受到過如此慘痛的人，人們怎麼忍心不對他加以保護呢？眞正的色情受虐狂是渴望得到慈愛的，正如凱倫・霍妮（Karon Horney）所著重指出的那樣，他們經常通過肉體的性行為和放縱的經歷來證明不需再對此而擔心了。從而

壓制了他們本性上根深柢固的有害成分。

極端色情受虐狂型的人對敢做敢爲的人忠心耿耿，而後者則使他們的大膽行爲得以具體化。每一個統治者的隨從人員都可能有這種色情受虐狂者，他們爲其「頭領」和「事業」提供了誠心誠意的服務。

對於內心壓力的另一種主要方式是超然獨立。在某種程度上，林肯那複雜的個性也包含了這一成分。極端的超然獨立可通過似乎是「無人性的」行爲表現出來。這種人可以是有禮貌的，但這種禮貌從來就不是本能的體現，一層幾乎覺察不到的薄冰凍結著更富有意味的本性。

一位化學工作者的個性就體現了這種過分的超然獨立。由於偶然的事件，他被捲入一場現實的政治鬥爭中去了。他的朋友們都深知在數學和實驗方面他是有才能的。在人與人的交往中，他顯得恬靜，說話細聲細氣、溫和，有禮貌，對一切採取默許的態度。那些對他瞭解甚深的人認爲在他的內心生活裡不具備強烈的熱情、沮喪、狂怒或熱愛的感情色彩。他對整個世界所發生的一切似乎都是泰然自若。他爲他的革命朋友開辦了一家「炸彈工廠」。工廠裡的一次爆炸事件震驚了他，同時也引起了警察的注意。一次精神分析性的詢問揭示了對朋友們激進的哲學觀點他很少關心。他把這家「炸彈工廠」作爲他的副業，一方面是因爲他對該行業的技術問題感興趣，另一方面他想投其朋友們之所好。

然而，在最初的詢問過程中，揭示了一個重大問題。據他所述，他完全被一種不可抗拒的衝動所控制，他想把一顆炸彈從實驗室的窗戶裡猛投出去，炸毀整幢大樓，猶如他在夢中站在窗邊，俯視著下面的庭院，投擲了這顆炸彈。炸彈過早地爆炸了，毀壞了鄰近的房屋。

後來，他回憶道：以前有過幾次，相同的要進行破壞的強烈衝動控制了他。有一次，在翻越阿爾卑斯（Alpine）山脈的一個山頂時，他沉溺於幻想中：如果他手邊的那塊石頭稍微鬆動一下，就會滾下山

去，砸到他身後的人。一種神奇的力量操縱了他的手，於是，手推開了石頭，他的同伴跌入了深淵，一命嗚呼。而這位化學工作者卻毫不為之震動，相反，祇是稍感疑惑，絲毫沒有察覺到這種有害的衝動正是他個性的一部分。

在一些「無感情型」的例子中，這種人往往有一個充分發展的「自我觀察者」。他似乎能察見自己的思想軌迹，同時，卻並不覺得自身的介入。如果這樣性格的人參預政治，那麼，他往往是一個理論家，或者是一個偶然的機會使他在政界嶄露頭角。

林肯的個性和格里利這樣的迫害鼓動者是有差別的。格里利型的基本點就是廣泛使用心理投射和轉移來應付內疚感和敵對感。同樣，這種鼓動者如果在親朋好友那裡得不到足夠的恩惠，那麼便把這種渴望轉移到更大的客觀世界。他們把自身的內疚感傾注到外部世界，從而成功地使他們那過於自信的衝動得到具體化；如果這個世界錯了，那麼他們攻擊這個世界則成了正確的行動。他們最後所慘遭的不幸卻也說明了這種調節本身的不穩定性，例如：格里利在後半生既失去了萬貫家財，在政治上又屢遭慘敗，他得了嚴重的憂鬱症。他那敢做敢為的個性最終還是使他自食其苦果，而他從此也就再也不在這個世界上拋頭露面了。

某些個性是以傲慢的行為而不是以殘暴的行為而聞名的。對傲慢的人所作的分析常常揭示了，在反自我鄙視的鬥爭中傲慢的行為是可以起到基本作用的。通過把對自身的鄙視轉移到對整個環境的鄙視，他們把這個世界看成是卑鄙的。那麼，他們便能減輕內在危機感。當一個孩子掙扎著地控制他的排泄功能時，常使用語言的方式來表示鄙棄。「難聞的」其實已遭到別人的厭惡，已蒙受了羞愧，接受「你真難聞」的指責，並把它作為正確的自我評價，這種指責與把這種評價傾注到環境中去的傾向相爭鬥。似乎祇要把周圍環境傲慢地看作同樣的

骯髒，便能保住自尊心了。(2)

　　解決由抑制性的有害衝動所引起的壓力的另一種方法，就是著迷地愛上一些事物並強迫自己去做。從斯坦頓開始，此種方式就屢見不鮮了。斯坦頓以狂熱地獻身於工作的精神使每個人驚嘆不已，他以這種精神對官僚行爲和拘泥於禮儀者猛烈開火，大發雷霆，甚至施之以殘忍的行爲,因爲拘泥於禮儀者給自己帶上禮儀主義周而復始的鐐銬，這些人被有害傾向所驅使，通過發號施令，官樣文章和陳規陋習，把自己暫時擱置起來。這種有害的衝動又通過打擾、激怒、漠視這個世界來得到表現。

　　有些個性外向的人對瞬間情緒的反應是極爲興奮的，對於這種人的個性的研究揭示了一種淺薄的主觀生活。這種人往往在做生意，性生活或社交和極度消沉，無精打彩，昏昏欲睡的過度活動中突然地做判斷。愛喧鬧的人和不斷進取的人往往是從這些個性外向的人發展而來的。他們通常因察覺不出別人的情緒反應而無法分辨單調無聊之事，且易於把人們視爲事物，而劃分成幾種簡單的類型。對其進行更加深入的研究，我們便能發現急劇發展的危機，而通過介入過度的活動是可以解決這些危機的。

　　似乎已經形成這樣的情形，就是哲學家和別的探索本性與世界問題的辛勤工作的思想家通常來自抑制性類型的人。亞歷山大・赫茲伯格 (Alexander Herzberg) 收集了三十個聞名世界的哲學家的事例，編纂了《哲學家的心理學》(*The Psychology of Philosophers*) 一書。這三十個哲學家中大多數人在選擇職業時猶豫不決，而在具體工作中又顯得效率甚低。大多數人不情願也沒有能力去掙錢。這些哲學家的

---

(2)更具懲罰性的，吝嗇小氣的和不坦率的傾向與因保姆干預排糞和排尿所引起的憎恨密切相關。嬰孩和兒童固執地依戀保留糞便的願望,憎恨別人干涉他們的秘密和強迫他們按照常規辦事。——作者注。

婚姻生活更具明顯的特點：十五個人一生沒有結婚，六個人結婚很晚，四個人的婚姻不美滿，兩個人和他們的配偶分居了。他們大多數人在社交生活上不是缺乏自信，就是格格不入。赫茲伯格發現在政治上他們同樣是無能的，柏拉圖希望能在人們的頭腦中產生切實影響，但失敗了。亞里士多德失去了人們對他的好感。培根（Bacon）①由於受賄而聲名狼藉。穆勒（Mill）②同樣也遭受了種種挫折。祇有休謨（Hume）③是一例外。最初他祇是一個小秘書，後來成了英國駐巴黎大使的代理人，而最終成為副國務大臣，他的一生是飛黃騰達的一生。所有這些人似乎都屬旺盛的感情衝動型，但他們的衝動受到良心和理智的抑制，以致他們在直接接觸現實生活方面遇到了麻煩，而祇得求助於思維。

既然我們已經看到了許多積極的政治活動家受到強大的良心驅使，那麼，我們要詢問那些決定其結果的因素到底是哲學思維，精神神經病還是政治角逐。就目前不完備的統計來判斷，鼓動家是與哲學家最相似的政治家。早期的環境並不可靠，重要的是在其形成性格的時期環境是很從容的。但是這種從容往往由於突然的喪失而易遭中斷。在家庭生活中，父母間不穩定的關係，意味著晴朗的天氣將遭到惱人的暴風雨的襲擊，因此小孩就學會了對大人的態度察言觀色。

很明顯，嚴重的危機可以克服一個人內心的困難，解放其受到抑制的衝動，把衝動發洩到他本人之外的外界事物上去，腼腆膽怯的孩子經歷了炮火的洗禮，而突然變成一個遇事鎮靜、勇敢、果斷的男子漢，同時，他的擔憂也得到了「發洩」和克服。

當危機加劇朝暴力方向發展時，非抑制狂怒型的人在發洩虐待狂

①培根：一五六一～一六二六，英國哲學家。
②穆勒：一七七三～一八三六，英國經濟學家、歷史學家和哲學家。
③休謨：一七一一～一七七六，英國哲學家、歷史學家和經濟學家。

的行爲時將得到更多的社會認可。抑制狂怒型的人則減輕了因害怕受到報復而產生的擔憂，給大膽的行爲提供了更堅實的保證。極端武斷型的人採取殘忍的手段，儘管殘酷尙未顯得過分，復仇也未見過火。在危機的初級階段，感情解決方法將在不同場合，以不同速度出現。在由異質性引起的猶豫不決的地方，調和的人是深受歡迎的，可一旦得到了專橫統一時，這些人便不爲人注意。危機的後果，是普遍地產生出不太專橫傲慢的人物。

　　當今世界的不安全感由於經濟的飛速發展和急劇收縮而加劇了，然而，這種不安全感有助於鼓動家攫取權力和暴君保住寶座。

第九章　態度（Attitude）

社會生活對相繼湧現的領袖人物的政治態度有何意義？很明顯，個性非常不同的人可以有相同的政治觀點，而且一樣可以是領袖人物。在一個時期，佔主導地位的態度可以是「地方性的」，「地區性的」，「全國性的」或「國際的」。在另一時期，佔統治地位的態度可以忠實於「階級」或「技能」。在某些條件下，統治集團是好戰的，而他們又常常是「調和的」。政治是一種忠誠、戰略和戰術變化的形式。而政治分析可以很適當地評論歷史長河中相繼出現的那些最顯著的態度。

最激烈的政治利益的行為是能改變社會環境的行為。因而政治行為就是一種外在行為，因為在完成它們的過程中，它們要牽連到周圍的環境。內在行為僅僅牽涉生物體本身。如果我們觀察一個人在特定時間裡的行為，便可發現他祇刺激自身環境，而這種環境又會反過來刺激他自己。毫無疑問，他的行為是具有客觀傾向性的。但是如果一個人與當下周遭的情況失去五分鐘的聯繫，那麼我們對其主觀反應的本性便難遽下判斷。也許他試圖解決的問題在將來某種情況下導致有關行動的結束。如果確實如此，他的思想便是屬於調節性的。但是也有可能的是，由於自己的不足之處，他陷入憂鬱的沉思之中。這祇能加劇他的消沉情緒，而不可能使他採取行動以調整其自身與世界的關係。於是，他的沉思便是我向思考的(一味考慮自己)。另一重要的反應可以通過對自我的研究來加以揭示。他由於胃病、皮膚病或頭痛病的緣故沒有能力去愛，去工作，而這些病其實是無傷大雅的。這樣的反應是人體的（身體的）轉化性。

對上述四種反應形式，我們可以作如下概括：

①客觀傾向性

②調整思考性

③自閉思考性

④人體轉化性

政治家的行爲常常表現出明顯的變化，我們可以用這樣的語句對其進行簡潔地描述。X先生是一位國會議員，他在落選以後，成了華盛頓地區的律師兼說客，從而立即同實用政治界建立了新關係。妻子死後，他便立即再婚。其他人在事業上和個人生活中如遭受到相似的挫折後，他們便退出所面臨的現實，讓自己致力於創造性的研究或寫作中去。受挫的政治生涯使麥查維利把精力轉移到歷史學和政治學上。其他人則通過幻想或身體失調使自己喪失能力，結果對一切反應冷淡。一位市政會成員落選以後，變得意志消沉，拒絕用餐，退隱到療養院裡去了，在那裡他產生了自殺的病態念頭。可是他的朋友提名他重新參加官職競選。他一旦上台，便立即排除萬難，像往常那樣有效地開展工作了。而另一位市政會成員落選後，則得了膽囊病和類似的疾病。

其實，政治本身也常常是一種替代的反應，這是因在生活的其他方面失去了一些什麼，於是便投身於政治。以下就是在尤金・奧尼爾的《哀悼成爲厄勒克特拉》一書中，陸軍准將伊斯拉・曼儂（Ezre Mannon）對他妻子表白他自己的一段話：

「也許你一直明白你並不愛我，這使我想起了墨西哥戰爭。那時我看得出你希望我走。我有一種感覺你已變得恨我了……那就是爲什麼我出走的原因。我當時眞希望自己能戰死疆場。也許這正合你意……我回來時，你傾心於你的新生嬰兒奧良（Orin）……我則轉向了薇妮（Vinnie）。但是女兒並不是妻子啊！後來我下了決心幹我自己的事業，留下你一人獨自生活並不再關心你了。那就是爲什麼航海已不能

滿足我，爲什麼我會成了一個法官和市長以及那樣的一個蠢貨，而這也正是爲什麼鎮上的市民把我看得那麼能幹！哈哈！」

　　在約瑟夫二世（Joseph II）的傳記中，索爾·K·帕多佛（Saul K Padover）活現了約瑟夫的妻子，巴馬（Parma）的伊莎貝爾（Isabel）的死對其丈夫所產生的影響。而當約瑟夫二世發現憂鬱的妻子從未眞正愛過他時，就更加重了這種悲劇色彩。從此，約瑟夫二世就變得「殘酷無情，乾枯無趣，耿耿於懷」，他全身心地治理國家，對女性態度苛刻、冷漠和傲慢。卡薩諾瓦（Casanova）曾尖銳地指出，甚至在約瑟夫的臉上也顯示出「自負和自殺」的神情。

　　即使從容的環境也不總是能夠引起相同的反應。一次升級可能引出一系列新的活動，新來的辦公室主任也許滿腦子新思想，帶著妻子來上班。一本書一舉成名可能激勵這位作者接二連三地寫出更多的書。但是，有時，對成功的反應卻是異常地不勻稱。某個人也許對自己的能力產生極大的懷疑而變得憂鬱消沉，他也可能就會出現生理上的疾病症狀，或一味過量地服藥。或者他會變得傲慢，專橫、冷酷，從而導致最終的失敗。佛洛伊德曾描述了這種在成功來臨時崩潰的類型。他發現一旦這種人有機會掌權，去發號施令，去求得公眾的注目時，他們常常易受無意識的內疚感所驅使。

　　我們可以把上面提到的個人經歷放入它們產生的更廣泛的背景中去加以分析。在任何社會，每一次失落和任性，每一種反應的形式，和同一類型的其他事件是相對應的，或者是不規則地偏離這些事件。這樣我們就可以把個別群體的特徵從一系列事件中區分開來。

　　例如，失業是一種經常發生的失落現象。現代世界每個社群都可能使其國民遭受這種痛若。每個人對此都經歷了全部內在和外在的解決方法。有的產生了病態的自責心理，導致自殺，或者因此而使人體中某一機能出現疾病。有的迷於幻想，其形式是白日夢、驚險故事或

浪漫的電影。有的則自我教育，以學習新技能，當新的機會來臨時，便可施展這些技能。也有的閱讀嚴肅性文章，研究經濟發展狀況。這可能會導致他們要求現實環境有一明顯的改變。

在某種程度上，受阻的過分自信的衝動會反作用於衝動者自身。然後，這個人會變得好鬥。從某種角度看，受阻的生活興趣可體現在性生活和社交生活中。過分的自信會通過遭社會唾棄的方式如偷竊和搶劫而表現出來。在和政府代表，如公共救濟的行政官員的接觸過程中會使個人行為更加主動積極。這個人會對自己和其他人以共同性象徵的名義，如「忠誠的市民」、「為國家受盡災難的退役人員」來使其行為合法化，而個人的恐佈行為也被合法地稱之為「摧毀腐朽的制度」。

區別於個人的活動是有組織的活動。而有組織的活動可能表現為一些禮儀，從者並沒有使環境發生明顯的變化。人們可以加入某些派別，整天懺悔，唱歌，跳舞，聽講或者某個組織會對所要求的簡單的、有限的事物作保。這樣，失業者委員會會抗議政府官員「濫用」權力。更有甚者，有的還煞費苦心地要求重建公共機構，例如生產的社會化。這些較大的要求所採用的方法也許是常規的方法，如競選活動和投票表決，或者也可能採用激烈的和被禁止的方法如大罷工和武裝暴動。

對上述可供選擇的方法，我們可以概括如下：

個人內在行為

個人外在行為

社會內在行為

社會外在社會

政治分析的一部分內容就是去發現何許人，在何種條件下，以何種方式，採取何種行動。特定情況下的行動部分地是可以預測的，祇要注意所涉及的人以前在相似情形下的反應如何，並取得了什麼樣的成功。

蓋布里爾‧阿蒙 (Gabriel Almond) 和本書作者曾對芝加哥失業人員作了一次調查。他試圖告訴人們在失業的情況下何種人作出何種反應。誰會採取「個人外在行爲」，以及誰會採取「社會外在行爲」？

我們發現在面對面關係中的極端放肆的行爲是一種可以取代成有組織的抗議的方法。通過觀察當事人在和公共救濟行攻官員進行直接接觸時的表現，我們便可以發現極端放肆的行爲了。在某種程度上一百個極端放肆者有別於一百個抗議組織的成員，如工人委員會或失業者協會。極端放肆者不同於有組織的人，他們很少加入某一黨派、團體，或蕭條期前的兄弟組織。他們頻頻調換工作，頻頻依賴個人或集體救濟，由於衝動而頻頻犯法，如襲擊。而且時常逃避責任（例如遺棄妻子）。

一般地說，極端放肆者是有心理病態的人，他們是那樣地易於自我陶醉，以至於並不熱衷於有組織的活動，那麼強烈地反對個性中固有的順從傾向，以至於憎恨紀律，那樣地無法控制衝動，以至於經常和他們的朋友發生衝突。他們屬於狂怒外向型，祇有在危機最嚴重的情況下才依靠組織的力量。而當組織的努力陷作困境時，這種人便又不守紀律，退回到與世隔絕的環境和唯我獨尊的意象中去了。

絕對服從同樣也是表示有組織的抗議的一種替換方式。一百個絕對服從者和一百個抗議組織的成員形成鮮明對照。在蕭條期前，他們和組織很少有交往(特別和抗議組織)，很少觸犯法律和違背道德準則，謙虛謹愼地對待工作。在美國和歐洲，他們來自鄉村，他們經常遭到周圍的人的誣衊（如黑人，種族歧視的對象）。

很明顯，這些人最可能以集體的名義來維護自己的權利，他們參加過工會、兄弟會以及其他類似的社團。這種對付社會的方式也可用來應付緊急情況。

更激烈的過分自信的現象是以加入革命黨派的方式出現的，它吸

引了那些曾經和激進黨派有關聯的人，也吸引了那些公然蔑視道德準則的人。和領導社會主義組織的領袖相比，領導共產主義組織的領袖更能從那些有衝動力和暴力的人那兒得到充實。社會主義領導人更經常發生的是情況估計方面的錯誤。最激進的領導人犯的是如襲擊那樣的衝擊性錯誤，而不是被虛假現象蒙蔽而犯「估計上的錯誤」。這樣的領導人和上述的極端放肆者有很多相同之處。

　　失業者組織的領導人來自蕭條期前的黨派、商界和社交圈內的領袖。他們的普通成員們也來自那個時期的各種組織。很明顯，激進運動和次激進運動領袖的訓練、技能和社會關係相互之間更爲相似，而他們與普通成員們就不那麼相似。與普通成員們的主要聯繫就是這些領袖們要利用這些名義上的象徵來獲得公衆的支持。

　　瞭解政治生活逐漸過時的過程是很重要的。有些組織未能「獲得成功」，於是其成員就變得消極被動；而其他組織則繼續和社會象徵與習慣做法相抗爭。比較性的調查似乎可以證明：在任何有組織的運動中，佔統治地位的領袖人物不如普通成員們易於流動。這些統治者畢竟能從其有利地位獲得收益、敬意，有時甚至是安全。他們和他們的職業之間已形成既定的和感情上的關係，而他們現有的職業較之與普通成員們有關的職業更爲明確可靠。一九三一年，對中柏林 (mid-Berlin) 的一個社會民主黨分部作了一次調查，調查結果表明：百分之六十的人加入黨不滿五年。對七萬五千名黨員作的另一次調查報告表明：百分之五十的人加入黨不滿五年。尤其是年輕人，從社會民主黨轉到共產黨，轉到國家社會主義組織，有的甚至再轉回去，成功或失敗猶如一再起伏的浪潮衝擊和改變了他們對整個形勢的看法。大部分人並不那麼積極或那麼激進，他們不可能堅定地把自己和某些專門表現方式聯繫起來。一個富有自我批評精神的社會民主黨作家曾這樣寫道，儘管已有幾代人進行了無產階級的宣傳和鼓動並建立了無產階

級的組織，但是納粹德國以前的無產階級組織對那些可稱爲無產者的
群衆的控制也是相當微弱的。在四千萬無產者中，祇有百分之二十五
的人可算作無產階級黨派（社會民主黨、共產黨、半共產黨）的十足
成員。百分之六十五靠工資收入的工人沒有參加工會，即使加入了工
會，其中仍有百分之二十八的人參加的是「資產階級工會」（比如那些
被宗教組織所控制的工會）。

　　顯然，再調整的問題和一般的不安全程度是有關聯的，其作用就
是環境變化被解釋爲處罰性放縱或處罰性喪失。奎蒂利亞的印度古典
著作《政事論》（*Arthasastra*）把不滿現狀的人分成「被激怒的人」，
「受驚恐的人」，「有雄心壯志的人」和「傲慢的人」，進而考慮了喚起
他們反對某個統治者和爭取他們的方法。現代分析的最重要貢獻無疑
是發現了時間和把重點放在分析世界運動受到推進或受到阻礙的整個
過程上。很明顯，同一數量的失業人數對一位接近當前革命浪潮中心
的領袖人物比對一位遠離革命浪潮中心的領袖人物來說要危險得多。
華沙（Warsaw）受到的威脅比紐約大得多。

　　迄今爲止，我們討論的中心還是圍繞著人與人之間的關係，以及
個人與社會之間的關係而展開。相同種類的分析也適用於研究一種社
群與另一種社群的關係，尤其是現代政體中一個國家與其他國家之間
的關係。一個國家突然遭到的失敗也許會在該國家蒙受恥辱的領袖中
導致接二連三的自殺，同時也會引起如信仰復興精神那樣的內在的集
體行動。有組織的行動可以使一個國家著手恢復和發展經濟和技術，
以便在國際上重新建立起它的地位，並能報仇雪恨（一八七〇年後的
法國，一九一八年後的德國）。

　　我們還可以用同類的主要方法來檢驗具有不同文化背景的人們之
間交往的後果。

　　隨著歐洲文化的推廣，出現了文化危機的洶湧波濤，該危機帶來

的各種各樣的結果給我們提供了一些文化適應和文化衰退的例子。引起這些結果的一個重要因素是外界干預的速度和程度。然而，有些文化在和歐洲文化接觸過程中受到抑制，這樣的文化便很快地瓦解了，而其他文化則適應並生存下來了。

文化生存的含義就是保護該文化的約定俗成的名稱，以及它的許多富有特色的得到人民支持的象徵和習慣做法，使得它的人民把文化遺產流傳並繼承下去。有時，要經過一個平穩和緩慢的過渡階段，使之有效地成為得到西歐國家制度認可的國家政體中的一份子。把比較古老的部落名稱作為一種受尊敬的社會象徵保存下來了，但並不需要自成一國。毫無疑問，紐西蘭的毛里人是這種適應性變化的代表。

在某些例證中，原有文化的所有者使他們的行為內在化到那樣的極端程度，以致他們不僅通過拋棄了其文化的固有的形式，而且是通過作為葬墓人的自我毀滅，把他們的文化迅速地引向滅絕的方向。W·H·里弗斯（Rivers）建議在此前提下解釋美拉尼西亞（Melanesia）①人口的減少問題。因為曾有這樣一種觀點認為，外界干預在美拉尼西亞比在其他較難決定其後果的地區更為嚴重，而里弗斯是反對這種觀點的。他的解釋是：白人侵犯了神聖的戒律卻未遭到任何損害，因此是白人的出現使他們備受挫折、意氣消沉和無精打彩，其結果是他們忽視了自己的文化傳統，他們甚至對生兒育女也不感興趣。

很多人在捨棄了原有文化後，便發現在外界更大範圍內要建立一個立足點是不可能的，於是，就過量地吸毒或者由於不小心傳染上了疾病，而最終毀了自己。在這種情形下，整個文化的滅絕過程就顯得不那麼引人注意了。那些忠實於原有文化的人也許會緊緊地抱住舊形式不放，有時因為未能吸收新文化中足夠的東西，而不能求得一次平

①美拉尼西亞：澳大利亞東北方、西南太平洋諸群島之集合稱。

穩的轉化。

有時，因爲失落，會增加社會內在行爲的次數。新的派別的產生增加了用於跳舞、祈禱、沉思的時間和精力，同時在社會成員中增加了我向思考性感受的次數，從而修改了社會的規範。有些證據可以表明，凡是在普韋布洛的 (Pueblo) ②印第安人中間，在信奉道教的祭司禮儀方面取得進步的地方，個人事件和主觀事物的重要性便得到提高。正如魯思·本尼特克特所表明的那樣，普韋布洛的印第安人是極其注重實際的，他們不依靠夢幻作爲掌權的一種手段，而從前北美洲的居住在平原的印第安人各部落則不同了，那些嘴嚼乾仙人掌的人曾宣稱他們看見了幻景，而且常常是彩色的。這種個人我向思考靈性感受似乎在普韋布洛居民的生活中代表了一種新的價值。

社會外在行爲不僅把所屬社群之外的世界作爲目標，而且把自己社群也作爲目標。我們已經見過當尋釁的衝動受到阻礙時，侵略行爲便可能轉回來對準靠近自身的目標。有證據證明這種情形經常在失敗人們中間的、小集團形成的過程中出現，尤其是當他們已經習慣了極其武斷的行爲的時候，更會出現此種情形。M·E·奧伯拉 (Opler) 舉了一個驚人的例子，說明這種情形就曾發生在馬斯卡萊羅 (Mes-Calero) 阿柏基 (Apache) 族印第安人中。由於水牛群遭到損害以及搶劫集團受到鎮壓，居留地的馬斯卡萊羅人相互間更加親近了。乾仙人掌祭禮很快地在他們當中傳播開去,不過採用的是一種特殊的方式。這裡，祭禮場所是對手們互相激烈競爭的舞台，每個人都千方百計使對方洩露自己的秘密。世仇和報復行爲是那麼殘忍，以致再次調整成爲絕對必要，否則，馬斯卡萊羅人似乎是注定要自絕滅亡的。

那些相應於損失而傳佈在社區中的象徵和以前某些外在表現形式

②普韋布洛：美國城市。

是有關的。平原上的印第安人從事的是打獵和格鬥，而西南部的普韋布洛印第安人則不然。在白人沒有到來以前，他們主要從事農業生產。所以，正是在從前北美洲居住在平原的印第安人各部落中頑強地流傳著鬼神舞（Ghost Dance），這種舞蹈帶有許多反抗白人的傾向。

有些象徵把集體衝動引向行動，它們對當時的環境產生了巨大影響。陰謀策劃的起義，如中國的義和團起義，也許是中國人對外國人強烈的憎恨。但是，如果沒有外國人的先進技術，他們同樣也要遭到失敗，除非有其他環境條件能削弱外國人侵犯他們文明的力量。當這些先進戰爭技術擁有者之間產生了分歧，那麼，對使用落後技術的邊緣地區人民時壓制就會有所放鬆。這些人民就可以從那些邊遠的山區、沙漠和草原走出來，擊潰外國侵略者，或者安居下來，被同化。

如果在一個社會中廣泛採用了國外在農業、貿易、手工藝、製造業和戰爭武器等方面的技術，那麼，這個社會的外在形式便可得以調整。

外在形式的調整還包括借用有局限性的文明象徵和風俗習慣，這樣，其他國家的治國方案就可被借用並加以推廣。例如，中國人正在接收國家競爭體制和民族主義的西方觀念，同時，廢除治外法權和其他形形式式的外國人的特權，以抵禦西方勢力的侵蝕。在比較弱小的民族中，民族主義的先驅者可能出現在國內的派別同外國人所控制的派別和宗派相抗衡之中。據報導，在西南非洲的土著黑人中，最近幾年共建立了五百多個宗派團體。毫無疑問，這是一種文化活動，這種活動使得黑人們進入了一個長時期警惕的等待，期待著權力的外在平衡，以便使自己取得優勢，進而反抗白人。

上面所考慮的問題已表明通過內在行為或外在行為，如何取得相互間的聯繫。其中的某些行為能促進被動的或主動的政治方案。哪些因素會影響民眾對其所屬民族或國家的忠誠？現化民族主義運動鞏固

起許多地區的居民對更大的共同體（Communities）的忠誠，但是，同樣也存在著失敗和挫折的事例。中歐和東歐國家的歷史較短，最近，他們也被激發起來去自找出路或重找出路。其結果是瓦解了奧匈帝國，沙俄和土耳其王國的繼續統治。這種以民族統一爲名的自主要求通常被舊行政界限所界定。大不列顚和法國都是以老行政區的城市爲中心而建立起來的，而首府所通用的語言已成爲司法管理、民政管理、軍事管理、討論、學習和社交使用的標準語言。這些相一致的特性往往不可能完全擴散到邊緣省區，因此，當國家的地位上升到更高階段時，文化上的相異之處會加劇政治分割的局面。

　　儘管有許多自封的世界領袖人物提出了有說服力的或富於戰鬥性的主張，這個世界還是不能成爲一個統一體。因爲在感情和習慣做法上還沒有達到高度的統一，而且這種統一至今仍然受到權力平衡把戲的阻撓。這種關於平衡的把戲限制了雄心勃勃的君主的勢力範圍，限制了發展中的資產階級國家的勢力範圍，限制了富於戰鬥性的革命社會的勢力範圍。也正是權力平衡阻攔了每個地區的野心家成爲世界霸權主義者，使得各民族忠實於比鄰國範圍更廣但較窄於世界範圍的象徵。至今，還沒有一種外來的威脅，沒有一種想得到權力的共同願望，沒有一種權力分配的共同準則可佔絕對優勢，而一個領袖人物如想順利地繼任下去，以統治一個統一的世界，需要的正是這種優勢。

　　忠誠被所屬地域界定，同樣地，也被從事的職務界定。因機器生產而開始的勞動力的分工，在那些辛勤勞動的工廠工人與其雇主或者管理他們的人之間產生了鮮明的差別。當農民進入大城市時，會產生種種千奇百怪的不安全感。舊的道德準則和風俗規範受到了可怕的壓力，最終往往表現爲矛頭直指統治「階級」的抗議的象徵。當俄國的革命形勢使有些人以「無產階級」的名義奪取權力後，就立即開始了地域界定的過程。那些外國領導人企圖通過強調這些新領袖人物的狹

險的地域性偏見來保護他們自己。這種不安全感不管將以地域象徵，還是以職務象徵體現出來，這主要地是一個根據世界革命進程本身來決定它們在時間和空間上所處的狀況的問題。

什麼時候把個人衝動轉移到集體象徵上？繁榮昌盛時期是個人主義盛行時期，在這個時期中，因為這個寬容的世界，人們可以制訂個人奮鬥計劃。蕭條時期或者戰爭時期則是屈從於集體象徵的時期。

什麼時候最可能採納調和態度或好鬥態度？在那些有內疚感和自卑感的人中，在那些想通過過激的行為來克服屈從傾向的人中，殘酷現象比比皆是。外在狂怒型的人和部分抑制狂怒型的人是那些在壓力下會採取破壞性行動的人。那些有內疚感和自卑感，並竭力試圖增強自信心的領袖人物和集團，最易狂怒和傾向於採取集體破壞性的行動。

政治學者最感興趣的態度可以作以下簡潔的總結：外在態度，公衆態度，好鬥態度以及與之有關的態度。當我們以世界發展的眼光來看待這些態度時，我們不難發現態度的某些形式包含在西歐文明的模式之中，它們相當頑強，和它們的對手作著堅持不懈的競爭和鬥爭。這在我們的頭腦中留下了深刻的印象。這種文明贊成客觀性、戰鬥精神和地方觀念。精力向外集中在對人類和自然的控制上。對暴力的期待導致了從戰鬥力方面連續不斷地評估社會變化。參與這種文明進程的地方集團相互分裂，因為他們把暴力看成是可能解決內在和外在困難的一種途徑，還因為他們感傷地看待地區性的差異。這種感傷地看待地區性差異的態度採用的是現代民族性和民族主義的形式。民族主義是民衆要求在衆多國家中(1)成立或保持自己的國家。當現代商業和工業強調較大市場的優勢的時候，民族主義就是受到刺激的地方主義的一種形式。

然而，擴大當地市場的傾向往往因和同一文明社會中其他社團的衝突而受到限制，因為，這些社團也正在力求擴大市場。事實已經證

明：想要在有利可圖的經濟範圍內使人類活動具體化的傾向，和想要尊重地方主義和期望訴諸暴力的傾向是不相容的。沒有一個統一的經濟集團能起而應付世界經濟進程的方向，因爲，每一個經濟集團千方百計地通過強調愛國主義和訴諸暴力的方法來鞏固它的地位，他們的行爲又反過來防止了在別處的佔主導地位的經濟集團的完全統一，因爲，佔主導地位的經濟集團也正在進行同樣的努力。

　　職務象徵經常起而向逐漸躍起的地方性象徵挑戰。對地方觀念的最近的一次衝擊是以世界範圍的無產階級的名義進行的。但是，西歐文明的其他一些特徵已經或正在使呼籲的成功之處變得毫無價值，這種呼籲要求利用職務途徑去建立一個統一的世界。那些以包括一切的象徵的名義奪取權力的人，即刻受到了權力平衡把戲的孤立，這在希冀利用暴力和感傷地看待民族性和民族主義的文明社會裡是特別引人注目的。在自我防衛中，那些持有新近出現的呼籲職務廣泛性觀點的人，接受了在這種環境中生存下去的基本條件，並強調在充滿潛在暴力的世界中他們自身的地方性價值。因此，當看到在蘇聯報刊上允許用Rochina一詞(意指出生地或祖國)來稱呼蘇聯時，我們便不會感到驚訝了。像「社會主義祖國」這樣的詞語從前是用來強調國際主義的概念的。

　　西方文明的行動主義、好鬥精神和地方觀念到處在結合，以壓倒所有持反對態度的人。

---

(1)因爲自然主義的目的有別於某些規範的（法律的）目的，所以國家可稱作事物的多面體。「作爲國家唯一標誌的主觀事物就是要意識到，人是屬於一個具有至高無上的權利和期望的體系的社會的」。(摘自本文作者的《精神病理學和政治》(*Psychopathology and Politics*一書第十三章〈作爲事物多面體的國家〉，第245頁)——作者注。

【第四部分】

摘要

第十章　摘要 (Résumé)

　　研究政治學這裡指的是研究權勢和權勢人物。用一個簡單的標準來描繪權勢人物是不能令人滿意的。從某種意義上說，權勢是對諸如敬意、收入、安全等益處提出的要求來表示的。但是敬意不一定致富，安全不一定出名。顯然，權勢的不同標準會得出截然不同的結果。

　　政治分析的結果也取決於領袖人物的特性。關於這一點我們將提出來加以探討。本書對技能、階級、個性及態度集團進行闡述，並論述對上述結構起相對支配作用的社會變化的意義。當今世界最重要的政治分析（馬克思主義的）把注意力集中在社會變化的階級結果上。這就轉移了對仔細觀察社會生活的結果，如技能、個性以及態度集團命運的許多同樣有關的方法的注意力。

　　強調階級，如同強調技能或個性一樣，是有條理的思想家們在方法論上的設計，是一種在分析特殊行為的過程中經常被用到的挑選出來的觀點。為了政治分析目的而運用各種新觀點的行為通常會改變那些運用者的偏愛。那些習慣於用團體態度的思想方法（如民族性、民族主義）進行思考的人常常通過運用階級分析的方法獲得新的看法，同時也經常改變他們實際上的偏愛。有時他們從愛國主義轉變到無產階級的地位。習慣於階級分析的思想家們在習慣於用其他的方法來解釋社會結果後可能會對偏愛產生新看法和新標準。他們可能想把技能的較量而不是階級鬥爭當作他們自己的較量，或以民族、種族或人的名義來尋找解決辦法。由於正是那個行為向他們灌輸了新的自然主義的看法，因此任何一種分析的行為都會純潔偏愛。

西歐文明社會中的少數人，這裡稱爲（領袖人物，elite），比多數人，比老百姓更具有權勢。布賴斯勳爵(Lord Bnyce)說過，不論是以一個人、幾個人或多數人的名義，政府總歸是少數人的政府。

某個領袖人物的支配地位部分地取決對其周圍環境的成功的控制。管理的方法包括象徵、暴力行爲、商品、習慣做法。反領袖人物也取決於同樣的手段。

某些方法特別適用於領袖人物的進攻，而另一些則適合他們防禦。當道領袖人物通常因能牢牢地控制住社會的商品、暴力行爲以及社群的活動，故挑戰的領袖們則被限制到去依靠反對的象徵。象徵畢竟是廉價的、難以捉摸的，象徵的傳播祇能採用口頭表達的方式，要避開當局虎視眈眈的眼睛，他們能夠在那些對政府表示不滿的人中間組織起統一行動，引發起危機，在該危機中可以使用其他方法。任何建立起來的制度都具有一種佔統治地位的神話色彩(意識形態)，但是象徵的壟斷比商品和暴力行爲的壟斷更難以保護。

一種發揮良好作用的政治制度毋需考慮在其本社會成員中間展開宣傳活動。一種思想意識一旦被接受，就會以帶著不同尋常的生命力而永存。在該領土上出生的人們會把他們一部分愛奉獻給支撐該制度的那些象徵，共同的名義、共同的英雄、共同的使命和共同的要求。對競爭著、叛徒、異敎徒以及反要求進行了毀滅性的打擊。在與成長有關的複雜過程中，人們會產生一種有罪感，這樣的一些有罪感表現在背離其本人，和對待共同敵人的象徵上，共同敵人被視作是社會習俗的可恥褻瀆者。人的缺點也會表現在外部世界上。難道它不是我們勝利中注定要擊敗的敵人嗎？

革命的宣傳至少有一種長遠的益處。不滿，不管以什麼方法產生，都會削弱佔統治地位的社會制度對象徵和實踐的控制。任何領袖人物若不能帶來繁榮和勝利，就會被群眾拋棄。戰敗、蕭條、災難不管以

什麼方式出現，都會引起對天子合法性的懷疑。當人們落難困苦時，便把他們的愛從外部世界的象徵中收回，而把感情傾注在他們自己身上。他們也把過分自信的衝動從外部世界轉移回到他們自己身上。激烈的反作用力導致了自我陶醉的精神變態或者自殺。然而大多數人爲避免這種極端，便用一套新的共同信仰來替代舊的一套。革命宣傳者的困難在於將各種各樣雜在一起的不安定因素納入適合他奪取政權的軌道。他試圖控制可能形成意識形態的烏托邦的愛、破壞、犯罪和缺點的表露。

　　祇有地位的喪失還不足以引起革命的大動盪。祇有作爲技術進步伴隨物的新的社會結構發展了，新的使人著迷的事物才有可能產生，這時社會革命就發生了。祇有對成功的新的自信才能有力量對喪失地位表示不滿。

　　正是此起彼伏的不安全因素的波濤，不管以什麼方式開始，在保持和奪取政權兩方面推動著持續不斷的各種革新。對一種信仰的厭倦表示了另一種信仰的重要，陸軍的失敗強調了空軍的重要，自由競爭的失敗表明了獨裁的可能，對立法機關的不滿，標誌著強硬的行政官員受歡迎。

　　無傷大雅的群眾情緒的發洩(精神發洩)，往往因宣傳鼓動、暴力行爲以及對商品和習慣做法的管制而引起。各種方法還能用以作進一步調整，但是無能和時機不適宜會使一切方法遭到失敗。

　　社會變遷的結果具有政治意義，因爲它影響到在各類領袖人物中間價值的分配。這裡已從技能、階級、個性和態度等方面來描述領袖人物了。

　　某些種類的技能很少會令人功名顯赫。體力勞動者、農民、物理學家、工程師（操縱事物者）遠不如統治者那樣引人注目。在西歐文明世界裡，用以暴力行爲、組織、談判交涉以及處理信仰的技能總是

十分重要的，但是其相對作用已經有了變化。在封建社會的歐洲，取得權力的主要途徑靠運用暴力的技能，而國家君主制度得以繼續，靠的是組織的技能，談判交涉的技能隨著工業發展的時代脫穎而出。在近來的世界發展危機中，宣傳技能曾起了決定性作用，而談判交涉的技能卻稍見遜色了。

新階級的成長，如同新技能的成長一樣，同新生產資料的出現是孿生兄弟。新技術是貴族統治的衰退和資產階級興起的主要前提。在危機極其深刻的時候，法國（以及其他各地）的奪取政權，部分地說明了這一點。世界革命就是奪取政權，它有益於新社會的建立。這種奪權是局部的，並憑藉一套新的統治的象徵繼續進行下去。令人難忘的法國革命，就是以「人權」的名義進行的，一些習慣做法就是普選權、議會制度、廢除教會以及以犧牲封建貴族為代價的對商人的鼓勵。

我們已經接受了這樣的觀點，即一九一七年的俄國革命是另一次世界革命。那些奪取政權者以無產階級之名發言，它們在一黨專制下，建立了金錢收入相對均等的制度，統治了組織嚴謹的社會生活，並壟斷司法權力。在這次革命大動盪，與下一次可能的革命大動盪之間，我們將站在何方？

我們的分析把注意力放在使世界革命的首創精神半受限制半普及的方法上。法國和俄國的政權奪取者就是受到了外部權力平衡把戲的限制。因此世界並沒有被那些標榜新政治信仰的人聯合起來。其中的一種防禦方法就是把與此模式有關的象徵和習慣做法部分地結合起來。因此我們把世界事務的當今時刻解釋成一種向著貨幣收入相對均等的制度、社會生活中政府至上的統治和一黨統治天下的壟斷法制發展的運動。

從這個觀點出發，我們正處於一個統一的世界運動之中，該運動在其初級階級，其本身表現出許多矛盾的方面。在美國，人們懷疑這

些進步發展是否會經過一個像在義大利和德國那樣的「浪漫的」法西斯主義階級。浪漫法西斯主義的標誌是群眾運動的領袖在法制的虛飾門面背後奪取官職。人民運動的主心骨是較下層的中產階級，地位最高的鼓動家得到了大企業也得到貴族集團的支持。起初私人資本主義保存下來了；但是爲了國家統一的需要，這一私人資本主義將會在軍事壓力下被消滅。在軍事管制的國家裡，貨幣收入相對均等制度、政府至上的統治，壟斷法制將無疑會繼續實行下去。

另一種可能使美國走向法西斯主義的途徑是不斷阻止忍受不了的集團罷工。這種「零碎的」法西斯主義能夠產生，是因爲大企業、大財團的組織機構喚起中產階級集團去反對「煽動分子」，「赤色分子」以及「激進分子」。

祇有中產階級把他們自己從現在心裡上對大企業大財團機構的依賴中解放出來，美國生活才能出現一種更爲和平的進程。如今全美商人組織的發言人把美國的企業說成是一個整體，忽略了獨立企業與壟斷企業之間的利益衝突，過去通過黨派渠道，已使獨立企業和職業團體對現代工業主義的壟斷傾向的不滿情緒已變緩和。當今世界有效的行動依賴在起作用的組織，該組織在黨派的後面，對黨派的行動施加壓力，所以中產階級的覺醒，靠的是把中產階級團體組織成起作用的全國性機構，並由該組織任命自己的執政人員、建立自己的通訊方式以及完善他們自己的自我意識、世界觀及其綱領。

就美國而言，美國商務獨立協會(Independent Chamber of American Business and Service)培育了中產階級的能動主義。可以提出實際的要求，目的是用稅權來控制大企業大財團或增加對獨立企業的信用。在這個綱領下，較小的企業與專門家能夠與勞動組織特別是與有的技能的勞動組織進行有限的合作。較小的農業利益可以緊密地與反壟斷的要求聯繫起來。中產階級的這幾個組成部分爲了美國技

能協會(American Skill Congress)的共同目的可以聯合起來, 竭誠歡迎所有具有社會上有用技能的美國人, 以及屬於收入較少的階層的人。在年會上, 美國技能協會可以協調合作組織的分散綱領, 並在他們中間促進有益的技能覺悟。

這種高級機構能在社會各組織中促進有效的自我覺悟。然而目前這些社會組織到處都受歷史進程所驅動, 它們目光短淺。可是最清楚的是, 較下層的中產階級的技能團體正在崛起並控制現代世界政治, 這是最重要的使人感到似非而可能是的情況。在蘇聯, 當今的發展需要那些在工程、組織、宣傳、暴力行爲方面有技術才能的人。貨幣收入上的巨大差別, 已隨著擁有土地的貴族以及私營企業等級制度的消滅而消滅。在美國, 在中產階級的形成比較興盛的地方, 控制收入的巨大差別的世界性進展會採取有點與衆不同的形式。

近來獨立的雜貨店店主、五金店店主、食品雜貨店以及其他的商人已經著手控制連鎖商店。他們得到了批發商的支持。因爲批發商們驚恐他們自己的市場有可能被聯號商店霸佔去。一些小型製造企業由那樣的一些人經營, 他們對通過有組織的行動從保護他們的獨立中有可能得到好處持警惕態度。以許多小單位的形式遍佈全國的罐頭食品製造工業是中產階級政治最有前途的基礎的典型。當許多商人發現他們的大競爭者企圖壟斷國家工業復興法(National Industrial Recovery Act)的機構時, 他們會受到刺激去更多地關注他們各自特殊的利益。一些人已經目睹了他們從田納西流域管理局(Tennessee Valley Authority), 頑石霸(The Boulder Dam) 和大峽工程(The Grand Coulée Project) 之類的工程裡, 政府企業所提供的廉價能源中獲取了好處。政府提出的「標準」可以用來控制私人公用事業公司的比例。

最近察覺, 現代合作控制手段既可用來爲公共政策, 也可用來爲私人政策服務。大型私營公用事業公司, 最明顯的就是在能源和通訊

領域方面已在全國發行股票。可以預料由此而產生的既得利益集團將使公用事業公司對提出的公共所有和公共經營的要求作好戒備。同時，可以相信，由於名義上的擁有者遍佈各地，因此不可能對少數控制著起主要作用的公司集團施加任何程度的有效影響。

公共政策也需要用搞「股份」的做法，這不僅可以宣傳「公共關係政策」的控制的假象，而且還可以提供高效控制的方法。政府已經學會利用由公衆擁有的公司。目前已出現了許多由政府當局和私人集團和個人聯合認購股份資本的事例。聯合管理的無限廣闊的前途是可想而知的。一些重要的信用企業、能源部門、運輸部門和通訊事業（地區性的，全國性的，世界性的）可以將有投票權的股份分配給舉足輕重的職能集團，如聯邦政府部門和委員會、企業聯合會（包括隸屬部門）、農民、有組織的工人、消費者、合作社、國家和宗主國的政府。

作爲公共關係政策，把股票集團列入與銀行、經紀人事務所、投資信託公司、保險公司、工程公司以及各個政黨有密切聯繫的各個個人的「優先名單」，這種做法在目前已經司空見慣了。這種做法可以「制度化」，並通過對舉足輕重的職能集團盡其所能分配股份的做法使其處於更加全面的控制之下。

如果建立了這種或其他的統治方法，其結果往往要依靠職能集團的有關技能和力量了。假如中等收入的技能集團，想以本集團利益來左右國家的政策，那麼他們必須在全國範圍內建立起組織並能獨立地自作主張。他們必須有一批發言人代表自己說話，而這些代言人是不會讓某些大企業集團的代言人引入歧途的，後者在獨立企業　職業和勞動團體威脅要抑制壟斷做法時一味抱怨「赤色份子」。

一些富想像力的人士已經預見到聯合管理的方法將會被採用以符合整體性的全國政策需要的這一天定將到來。他們預見到了這種可能，即「每個公民都是『美國股份有限公司』的一個股票持有者」，他享受

作爲國家經濟企業固定支出（視國家企業的成敗而定）的保證基本收入，並屬於職能地方集團，該集團可以對政策施加正式的，而不是那種私下的或是外部的影響。

與這些雄心勃勃的計劃完全相反的是那些不太花力氣的要善處理美利堅共和國大規模企業中出現的「效率和可接受性」問題。許多有獨創性的習慣做法被吸收到現代社會中一些飽經風霜的學者的著作中，這些學者有西德尼和比阿特麗斯‧韋布。

一些有經濟實力的人會認識到，要保存美國企業，必須依靠企業裡的和有專職工作的美國人中精力旺盛的中產階級。大企業需要較小的企業，這樣能明智地採納維持其企業所需的措施。否則貧富分化對共和國的制度的保存企業將是災難性的，並會嚴重擴大分配比例。聯邦制擁護者在那些辯論是否採用新體制的非常時期也極其公正地對待這類問題。很清楚，「最常見的和持久的派系鬥爭來源於各種不平等的財產分配」。這種派系鬥爭不可能消失，可是其結果卻是可以控制的，這點可以肯定。一些早期美利堅合眾國政治家就已經看到，爲了維持對經濟採取盡可能大地分散控制（對此共和政府的穩定是必不可少的），必須要有所作爲。

當有關階級分析的文獻日益豐富時，對某些個性類型的相對成功所具有的社會生活意義卻很少被披露，但是事件的盛衰變遷會時而偏愛這一種時而偏愛另一種個性風格。政治家的基本特性，總的來說是對敬意的強烈渴望，但是假如要獲得成功，除這一基本特性外還應輔以適當的技能和適宜的環境。在政治家的主要類型中還可劃分出幾個次要類型。最顯而易見的就是鼓動者，這種人對敬意的迫切要求是那麼強烈，除了他的同代人激動人心的響應外，沒有什麼會使他更滿意的了。爲使這些人激動，他磨練演講技能並研究辯論性的新聞學。組織者不一定需激動人心的響應，他有著協調人類行爲的更大能力。有

調和個性的人物部分來自抑制狂怒型，冷酷無情、專橫傲慢的人物來自外在狂怒型。鼓動性和冷酷無情的兩種類型均受到危機的偏愛。顯然，在當今世界經濟擴張和緊縮的危機中，這種類型比比皆是。而組織者和有調和個性的人物則更得到兩個危機之間的時期和艱難困苦的開始階段的寵愛。

社會進步可以根據對態度集團的作用而顯示出來。儘管態度集團與其他參政模式緊密相聯，但是它們卻徑直通過了所有這些模式。最不同的個性類型也會同樣忠於民族主義，最相似的個性類型也會因忠於不同的階級而分裂。使用暴力手段的人可能是非常有團體意識的或政治上有主見的。搞工程技術的人顯然在政治上不甚活躍。對國家忠誠的各種態度會阻礙階級的勝利。

西歐文明以某些獨特的面貌而展現於世，這些面貌歷經那些變動最多的地區性發展但存在下來，並把它們自己強加給了後代。歐洲文明社會是能動的，它培育處理人和自然關係的能力；它喜歡人類衝動的外在表現造勝於喜歡人類衝動的內在表現。歐洲文明是狹隘的，它培育地區性的忠誠，如民族主義，並抑制以功能性的忠誠做為世界聯合的手段的主張。歐洲文明社會對暴力行為是有預期；其形式是視戰爭、革命、脫離、反叛、幫派鬥爭，和殺人為理所當然。不管運用暴力是如何可悲，但是絕大多數人仍會令人難過地認為，暴力的運用是可能的。當然有其他不以此為然的文化（「原始」文明）。但是西歐模式現在已將人類的大多數置於其控制之中了。

也許我們這個時代有特色的和統一的政治運動，能使收入較少的技能集團登上世界霸權的位置。在那裡，一九一七年世界革命模式的局部擴張、局部限制，正在一七八九年大革命所創造的世界裡發展到了頂點。但是在偉大的階級表面的後面，一種深刻的政治分析能揭示另外的、也許是比較微妙的個人技能、個性類型、個人態度的辯證法。

因此，對政治學的研究，不可能是一帖一勞永逸的靈丹妙藥，也不會是令人滿意的簡單的是與非的答案，但是它能為不斷重新評價公共不安全因素的可變界線，提供某些方向性的方法。

【第五部分】
附錄

第十一章　後記（1958）

當你離開美國的一個城鎮不久，想詢問政治上發生了什麼的時候，人們會告訴你，某人被選舉擔任了某職，或被任命到某個崗位上去了。不難發現，那顆政治明星上升了或隕落了，某人與某人聯合了或是反目了。看來，瓊斯與史密斯鬧翻了，在上次的選舉中與他偶然碰見。我們獲知，史密斯在學校問題上的讓渡黑人的選舉權，並在市政工人罷工時由於其立場關係，失去了工會的支持。我們也許已聽說了瓊斯已經得到了國家民主機器的支持，並很可能執政。史密斯在華盛頓有許多有權有勢的朋友，並有謠傳說，他不久將擔任聯邦政府工作，云云。

難道這就是政治嗎？假若是的話，為什麼任何人還會厭煩去研究這個主題？消息靈通的新聞記者、遊說者、利益集團代表以及律師似乎都想知道一切該知道的東西。而且，他們還掌握對最近消息的動態。

對企業也能提出同樣的問題。如果你想知道正在發生的一切，你可去找個企業界熟人或企業的記者，去向他求教。他會向你概述，什麼股票正在上漲或下跌，那個公司正在擴大裁減人員，那位先生或女士的名字正躍然出現在最富有者的名單上。假如手頭具備了這些材料的話，那麼對經濟學的研究還有沒有意義呢？

假如我們用提問的語氣來說話，那麼懷疑主義便會擴大到社會生活的各個領域中去，以教堂為例，我們有可能找到某個人，他知道許多關於教堂數量或教堂全體成員數量的增減變化情況，那個人也能說出作為知名人士，那一個教士更受歡迎，那一個卻鮮為人知。

　　或以教育體制爲例，我們可以知道誰掌握了大學、中學、小學和地區職業學校的最高行政權力。我們也可以獲悉有關學生人數和在數學、各門學科或其他科目的考試中優等水平的動向的信息。

　　考慮一下大衆宣傳機構，如廣播電視、報紙、雜誌和圖書。我們會迅速說出最重要的出版商、電台擁有者以及最出名的評論家。報刊的老讀者或電視的老觀衆都說得出在市民事務中，時間、空間的數量上是否發生了什麼變化。

　　假定我們問教家庭生活，人們會告訴我們希爾斯地區(Hills Section)到處是家破人亡、鄰里糾紛。在另一方面，我們也會被告知，在某些新區裡，志趣相投者比比皆是，他們喜歡齊心協力地工作。

　　志趣相投也許和某一地區的社會接受力緊密相關。例如，在希爾斯地區的一些人，曾經是社會上最受人尊敬的成員，但是我們知道有社會威望的家庭已經搬遷了。我們可以瞭解到，社會最上層家庭事實上已遷居到城市範圍以外的地方去了。

　　近來我們也許聽到了許多關於安全、健康和舒適方面的情況。新的交通系統減少了交通事故發生率，新的報警系統據信也減少了盜劫和其他犯罪事件。有了新的醫院；許多長期存在的危害，如工廠高音哨聲、煙霧、露天垃圾坑都已消失了。

　　鑒於我們的信息開始趕上社會上的各種事件的發生，因此有關政府以及政治方面的問題，性質就不同了，我們毋需問及個人職業，卻應問鼎與整個社會中正在發生的變化有關的政府所起的作用。

　　以企業爲例。我們應詢問市政機關在何種程度上有足夠的資金來新建機場，重新分劃存放貨物與旅客的集散站，保障新工業區的清潔。或以教堂爲例，市政規劃當局是否在爲各界教堂沿新的銷售服務中心發展對全局有重要意義的地方選擇合適的地址呢？再看教育體制。在教育領域各層次（以及爲每項專職的、職業上的、藝術上的技能）分

配到的款項的總數中政府增撥了多少？（地方的？州的？國家的？）再看看大衆宣傳工具。政府活動渠道是否爲打破私人壟斷開設電台電視台採取了行動。爲了鼓勵進一步的多樣化，是否鼓勵獨立的或競爭性的服務機構進入其所在地？再看家庭生活和鄰里生活。政府是否足夠警惕，利用其規劃機關，保障不發生非居住區的人的侵入，來防止居住區鄰里關係的解體？政府是否在爲建設共同生活所需的社會設施而選擇合適的地址？政府機關是否利用居住建築物和鄰里發展規劃來警惕「上升」的卻又受到社會鄙夷的集團的挑戰？政府是否採取主動行動爲減少事政、疾病、暴力行爲以及公害而進行有效的工作呢？

　　提出這麼些問題，就是要公開地、更全面地考察政府和政治工作而不能憑偶然的探訪和解答。公共事務的全局需要仔細研究和系統組織。顯然規劃這幅全局藍圖，不是某個市政議員或新聞編輯專業職責力所能及的。因此我們應該向專職的政府學者，政治學家請敎。他們的特殊任務就是廣泛地爲有關政府的所作所爲出謀策劃。就意味著他必須越逾某一城或某一國家範圍。局部趨勢的意義應從地區和全國的觀點上來正確對待。當全國的情況輔以加拿大和其他傳統上主要是英國化的國家的趨勢的信息時，一些重要意義就會顯而易見了。同樣，我們也參照西歐各民族許多歷史上的和當代的特點和興趣；時代正逐漸把我們和世界上的新國家更緊密地聯繫起來。

　　我們依靠專業政府學者來監督政府和任何地方政治。一面鏡子是全國性的或區域性的；另一面是地區性的或是民族的，第三面是大陸範圍，半個地球的或是大洋範圍的(如大西洋、太平洋)。這也許是一個擁有許多共同文化特徵（說英語者）的傳統地區，是一個在世界政治上（蘇維埃世界）的重要集團或者是整個世界。

　　不提出一大堆問題而檢查諸如範圍、興趣以及實用性等現象是不可能的。主要問題在於單獨依靠政府渠道來開展某種社會活動的作用

如何？或者把事情幾乎全部託付給個人的積極性，或者在中間的某一點上取消了平衡狀態。假定某些活動是在政府的省份裡進行的，那麼許多組織上的問題將會發生。組織的集權程度將會如何（國際性的、全國性的、區域性的、本地區的)？在任何「水平」級上，如大城市行政區，最高決策機構的集權程度將會如何？(在一個機構裡？在兩個或更多的同等機構裡)？對任何一級的決策機構來說，全體選民的積極性又將會如何（受到那些限制)？

即使這份簡略了的問題單子也足以使明達的讀者注意到與各級政府的組織有關的許多問題。這些問題，對那些自稱是比較政體學、公共行政、公共法律方面的專家學者來說，就好比是交易市場上的專業股票。

許多提到的問題都直接與政府的「結構」有關。我們已表示致力於解決這些問題的專家是政治學者。這個用法是無可非議的：倘若不是去暗示，專家把他的研究局限在有組織的官方機構的細節上。我們認為，若是依靠政府機構結構上的細節而不依靠更為深廣的知識基礎的話，是不能得出任何重要結論的。

組織的方法

假若我們再重溫一下關於市政府的一些實情的話，是能悟出組織上的要求的根本重要性來。我指的是分配一個市政議會模式。在十九世紀美國的市政府裡，聯邦憲法是如此地有聲望，各城市都以把它們自己納入聯邦制度為時尚。市立法機關經常分成兩個議院。地方議會議員是從地方選區(ward)①中選出來的。由於市政府裡貪汙腐化現象

---

①Ward：一個議員代表的選舉區。

猖獗，就產生了否定「兩院制」和地方選區的趨向。政府的專職學者也常斷言，即使地方立法機關在按地區選舉時，就被預先指控為貪污腐化，那麼要證明那種斷言的錯誤所在是可以辦到的。當美國城市中行賄受賄，任人唯親成風時，英國的市政當局相對來說沒有腐敗的現象。而且英國的議會是由選舉區選舉出來的。也許可以這樣解釋，進入英國市政府或監督地方事務者，他們對政府說出了不同的要求，在涉及政府的方面，他們與他們的美國同僚們不同，對自己也提出了不同的要求。通過對一些有識之士的探訪，這個假設十之八九會很快得到證實。

對在前後關聯中的政府正規機構工作的研究常常被稱為「政治」研究而不是「政府」研究。這種區別不僅是含糊不清的，而且由於用了兩個詞（政府、政治）來說明同樣的參照模式而產生了混亂。在現在的討論中，我們用「政治」這個術語是作為全球性的詞，而讓「政府」這個詞獲得更專門的意思。然而要緊的不在於使術語標準化，而在於強調下述一點：無論什麼術語，如果置政府的關係與政治是其中一個部分的前後關係於不顧，那麼政府組織的細節是無法充分理解的。這就是政治的組織原則（或者用同義詞來說是結構上的原則）。

五個關鍵問題

顯而易見，聯繫我們先前提到的市政事務時，我們已經知道五個問題對每一種政治局勢來說，關係是重大的：

尋求什麼樣的目標價值？

在價值實現中的趨勢是什麼？

甚麼因素制約著趨勢？

那些計劃標示出將來發展的可能進程的特性？

何種政策的選定與改變可帶來最大淨價值的實現？

目標： 第一個問題是政治哲學的傳統問題。

趨勢： 第二個問題提出了政治和社會歷史的特殊任務。

條件： 第三個問題是科學上的問題，它需要理論上的系統闡述以及從收集和處理材料的一些以經驗爲根據的方法的運用。

評估： 對政治變化的未來設計的評估，較之其他方面來說，是尚未普遍地形成系統的需要智力的一項任務，儘管所有決策的制定均依靠對未來的預測。

選擇對象： 人們期望政治專家作出努力對採用一種政府形式或另一種形式，一種政策或另一種與政權有關的政策，提供可能的幫助。

儘管這五個問題對政治上的任何問題都適用，但是我們看到，各個專家正在對以上的每個問題作著分別的研究。據說，哲學家和神學家爲了說明價值問題，按傳統習慣必會作些澄清。可以認爲，歷史學家會把理想和成就之間的過去關係的情節慢慢地連貫起來。但是歷史學家不是唯一的貢獻者。鑒於美洲印第安人的無文化社會，太平洋島嶼上的人和亞非人就得用其他方式而不是那些傳統上被歷史學家、社會人類學家所沿用的方式，來描繪全世界的趨向的景象。

儘管他們把許多精力放在時間次序上，但這並不是人類學家的主要目的。同社會學家、經濟學家和政治學家一樣，他們都把自己看作是科學家，所以他們有責任解釋出現在吸引他們職業興趣的現象。如果認爲所有把自己稱爲歷史學家的學者對增進我們社會變革中的理論知識不感興趣的話，那是錯誤的。毫無疑問，在相對側重點之間，一方面對歷史學家，另一方面對政治學家（或其他社會學科）是有很大區別的。科學家將理論放在注意的中心，而歷史學家首先考慮的是事件在時間、空間上的次序和傳播。

歷史學家和社會科學家認識到，過去與未來間的聯繫是以如下的

意義而存在：如果過去發生的事物被信實地記錄下來，那麼便可以有效地做出一些預測來。如果我們看一下某城市的一系列事件，我們就會預見某些即將來臨事件的次序。比如我們能預言，為了適應人口流動的現狀，行政區域和立法地區將加以重新調整。如果我們把審視範圍擴大到整個州的話，我們對將來的看法會得到改變。我們也許發現反潮流正在集合力量。也許會出現A市人口的膨脹，作為工業繁榮期的最後階段，這祇不過是過眼煙雲罷了。由於範圍擴大了，並從較大的角度去看待局部發生的事件，因此許多預測都要修正。事實上我們可以暫時作出結論，即要作為軍事上的安全措施，未來的人口居住中心的廣闊地帶可以被騰空並遷移到有放射性污染的緩衝地帶去。

　　作為制訂決策過程的一部分，強調評估未來任務的決定性意義是必不可少的。決策是跨入未來的必須的一步。結論是：增進決策合理性的一種方法就是要改進這些評估。大家都認識到，公共官員和選民代表被眼下之事搞得手忙腳亂，無法把更多的注意力放在那些向當今的，關於未來的觀念提出挑戰的、困難的、需要智力的任務上。因此在軍事撥款、經濟援助和文化援助或是否需要一個較能起作用的國際性政府組織等問題上，贊成票和反對票繼續僵持不下，這些就是對基本期待提出的最低限度的評估。我認為政治專家的主要責任在於重新繪製前景藍圖和改進工作方法。

　　對政策選擇對象的評估，總的認為是，與其說它是進行一次綜合的前景預測，毋寧說它是專職權能管轄的一個領域。通過利用一系列連續不斷地對未來可能性的工作預測，政治專家在政策選擇對象中顯得輕鬆自在。這樣專家們就可以對某種偶然發生之事是否會變成現實的可能性明確表態推卸責任。用這種方法該專家便可把關於對未來的見解置於對過去事物的觀察和分析的偽裝的重複形式之中。

促進歷史的「突破」

　　思想家的使命包括注視潮流的形成和系統地闡述前景發展的構成物，那麼為什麼我們要如此強調思想家的那一部分的使命呢？總的答案是這些需要智力的工作，對發生在歷史決策過程中的「突破」會起到非同尋常的作用。

　　鑒於這個觀點遠未得到普遍的論證，因此對其進行更細緻的檢驗是明智的。每一個人都能夠回憶起一些有關某個人或一小部分人有能力成功地涉足於歷史進程的突出事例的。最顯著的例子要算勸說富蘭克林・Ｄ・羅斯福總統利用財政研究和發展的機會去搞原子彈了。我們還會記得歷史上的個人作用，那些人衝破了固守的政治觀念，並且不管怎麼樣在巨大的範圍裡激發起新的政治方向。有人會很快地想起盧梭(Rousseau)②以及民主思想，馬克思和社會主義思想，希特勒和種族主義思想。

　　當我推薦「確定一個問題的問題」此法作為政治思想家的一個明顯的研究領域，我是在鼓吹開展空想主義般的運動嗎？「構思出另一個馬克思主義」或「賦予世界以新的宗教」這算不算是對形態思想的思維最大挑戰呢？

　　答案將再次是否定的。我們承認是作用的不同，它把「思想家學者」和活動家區分開來。將兩者合併的嘗試，至少會給智力作用帶來傷害。比如教條主義對前景的看法，是不對「思想家學者」的胃口的，然而對政治領導者是得計的，後者迎合那些依附者和糊塗者的需要，使他們受騙上當。

---

②盧梭：十八世紀法國啓蒙思想家。

這裡所持的見解與下述見解並無不同之處：承認智力上有差別的
工作，會被捲入敎條主義幻想的發育不全的狀態之中（如與馬克思的
見解相同），或者承認一個成功地在智力上起開創作用的人，也同樣可
以擔任一些積極的政治角色。對智力上的貢獻無甚妨害的或激發和通
報那種貢獻的積極參預，對他們引導、宣傳並非是鼓動性的角色。以
前的活動家常常大談其重要性，我們在馬基維利③的典型例子裡已經
看淸了這一點。外交上的、諮詢性的、內閣的和法律上的職位常常爲
創造性的見解提供了一個政治詭辯的高見。我們幾乎能夠任意地說出
休謨、洛克(Locke)④和博丁(Bodin)⑤，還可以說出一連串對政治思想
作出貢獻的人的名字。他們的一生雖然不是在實際的政治舞台上度過
的，可是他們渴望有所作爲。在這一點上我們特別想到了孔夫子、柏
拉圖和霍布斯(Hobbes)⑥們失敗的首創精神。在美國，一些對政治思
想作出的最偉大的貢獻，是由一些積極的知名人士如傑佛遜(Jeffer-
son)、麥迪遜(Madison)和漢密爾頓以及聯邦最高法院的最高法官們
撰寫的「零星碎片」。但也不能忘記，一些關鍵的問題是由孤僻的思想
家如斯賓諾莎(Spinoza)⑦以及相當冷淡的學術專家巴萊多和莫斯卡
(Mosca)解釋淸楚的。

形態原則的進一步證實

③馬基維利：義大利政治家兼歷史學家（前面已有譯注）。此處是指馬基維利式：馬基維
　利式指爲達到某種政治目的而不擇手段。
④洛克：一六三二～一七〇四，英國哲學家。
⑤博丁：約一五三〇～一五九六，法國政治學家和法學家。
⑥霍布斯：一五八八～一六七九，英國哲學家。
⑦斯賓諾莎：一六三二～一六七七，荷蘭哲學家。

　　順便談談令人印象深刻的環境多樣化並非毫不相干。在此環境裡，重要政治思想已經崛起。環境的多樣化進一步證實了組織的原則。如果我們把重要結果的出現看作是「不斷的」，那麼顯然許多「因素的結合」已成功地以互相替代來引起這種結果的產生。

　　常常引起矛盾的細節範圍使組織的原則得到進一步證實。特殊的政治學說、方案或作用，在現代世界就是與該細節歷史地聯繫在一起的。難道我們還需要被別人提醒，歌頌人類尊嚴的宗教和哲學既可用來爲奴隸制度和不平等辯護，也可用來喚起解放和平等嗎？或者許多成文的憲法正蓄意利用民主象徵爲獨裁統治服務嗎？正如卡爾‧洛文斯坦因(Karl Lowenstein)所說，不論人們頭腦中的印象是某個統治者、政務會、委員會、議會或黨派，「語意」上的憲法對任何當權者都是沒有約束的。人民的主權也許會立即被確認，還會有人民大衆的普選權，但是在許多最公然的場合，文件的面貌總是與實際情況大相逕庭，如實地調查將被規定的各項條款進一步證實；總統享有終身制，選舉由一黨選票決定(等等)。在其他國家明瞭的憲法內容不會如此明顯地洩漏這些實際情況的。因此祇有通過適當的方法進行實際研究，才能將如非直接選舉的複雜系統工作的情況公諸於衆。

　　一些組織的原則的必然結果：任何政治上的象徵和習慣做法能夠——也許已經成爲——對立的政治模式的一部分。政治外形細節之間的聯繫，不是由細節本身的特殊性質決定的，而是由它們同總體的關係來決定的。採用通過相等物注意到形形色色可變物結合的方法去說明，在不同情況下發生類似的結果是可能的。類似的可變物被較大的前後關聯（可變物產生其中）的特殊性所覆蓋，它們可以用形成鮮明對照的結果聯繫在一起。

　　是否這就意味著，所有政治事件的發生是完全沒有規律的，因此像思想這樣的具體細節對任何事物沒有影響，也不可能達到說明任何

事物的眞實性呢？答案將再次是否定的。在長時期裡或在聚集了豐富的素材情況下認爲是正確的，在較短時期和較小範圍下卻不一定正確。如果說從長遠的觀點來看，認爲所有的事件都朝著任意性發展的觀點是正確的，那麼不從長遠的觀點來看，認爲些許事件不是朝著任意性發展的觀點也同樣會是正確的，這種觀點會立即引起我們的關注。「任意性的不可避免」，不能用來表明將來事件的發展範圍。

理解及命名的創造性的意義

對政治思想家來說，外形原則的基本意義在於發現並命名某個社會模式的行爲，既能產生已命名的關係也能產生前後關係中的其他關係。

例如，政治思想的轉折點是明確表達特性的關鍵象徵的行爲，該象徵促進不同「民族」、「宗教」、「黨派」、「工業」或「公司」的男男女女的彼此發現和積極合作。

其次，對新的象徵的需求已把某些事件稱爲人類活動值得嚮往的頂點。需求也許是如較高的工資那樣「有形的」，或者是抽象「無形的」，如民族的榮譽，那樣「無形的」，它引起人們爭論，其細節也是極其模稜兩可和充滿爭議的。

同時，對新的象徵的期待，如原子武器的摧毀性或者世界革命獨特模式假定的不可避免性，都與之有關。

因此結論是，政治思想家要完成打破現在的陳規陋習的主要使命，必須系統地審視所有可能出現的地方上、國家的和世界政治水平的「特性」，必須彙集所有與各種水平的事件（價值）有關的、能想到的那些需求，必須評價所有那些能想到的期望（對過去、現在、將來實事求是的看法）。當這樣的象徵引起了任何國家變化過程中參預者的注意

時，他們很可能會爲此目的而奮鬥，並領導大家與恐怖目標作鬥爭。

這些象徵的發現也許符合也許不符合政治思想家本人的偏愛。因此對他本人偏愛的瞭解是不容忽視的。眞是矛盾重重啊！我們把這樣的瞭解視爲義務。但不是唯一的義務。作爲對文明和正直的貢獻者，政治思想家旣是生理學家又是內科醫生。他的作用就在於運用頭腦裡的素材，揭示完整的政治過程，以及指導政策直驅吸引著他的最終價值。

爲了進一步確定結構性的原則

政治思想家們可能執行的，系統地闡述「發現趨勢」的方法，就是作爲探索特性對其進行想像。所有那些放鬆了與他們出身地的文化聯結的人開始意識到，他們要對付可能發生的表明他們自己身分的挑戰。我把自己當成共和黨人還是民主黨人？共產主義者還是社會主義者？一個美國人還是個世界主義者？以及通過整整一系列潛在的「自我」而產生的種種問題。這些是不是我與其有著千絲萬縷的聯繫的「自我」的組成部分，或者它們是否有點陳舊過時，便於替換？是誰創造了所有這些競爭的自我象徵？我是誰？或者更確切地說，我將把自己當成什麼人？對一個人的餘生來說，其意義又是什麼呢？

充分認識到象徵重要性的思想家，感到自己早已被歷史遺忘——如羅伯特・格雷夫斯(Robert Graves)——他正積極地參預眼下對自我系統重新定義的工作，該自我系統使人們非合即離。同樣，那些辨別出活動或觀點中一系列新動向，並使其明確地成爲普遍注意中心的思想家，正在擴大識別自由的範圍，這正是每個人最基本的一項自由。

哲學家和心理學家喬治・赫伯特・米德(George Herbert Mead)

⑧就是一位有獨創性的潛心研究嬰兒到成人的值得注意的過程的有才智的人。米德注意嬰兒家庭燦爛群體中許多基本的作用過程，它們有助於理清次序。並非最次要的作用過程就是社會模倣，或者「起其他方面的作用」。因此，在我們周圍人們的內心世界裡，逐漸地獲得了可理解的事物。移情作用擴大了人對主觀事物的直覺，其焦點來源於「另一個」自己的「覺悟」。通過想像中的這種作用，人就逐漸擴大了原始的自我象徵，並以其與其他的自我象徵結合起來形成一個本我。

米德十分恰當地提到了「起」其他方面的作用，並在自我系統的成長中描述了這種作用。在以後的生活歷程階段，形成孩子對玩耍成見特性的「現實和想像」之間的特殊平衡，便會消失。現實關係建立了並經受了考驗。參預社會活動的成熟的人是根據深思熟慮的「工作」，而不是根據自發的玩耍識別的。注意集體形象的政治思想家（當他脫離過去展望將來時，形象似乎是時起時落的）正在為成年人擔負著本來大體上由孩子自己照料自己的工作。此工作就是對人類特性的探索。

技能的設計

作為形態的政治思想的範圍甚廣的概念曾在一九三五年出版的《世界政治和個人安危》（*World Politics and Personal Insecurity*）一書的第一章作初步敍述。《政治學》（*Politics*）是一年以後出版的，旨在突出更大範圍的概念的精選的方面。我最感興趣的就是揭示各種各樣的象徵，在發展中的現代生活的各類五花八門的場合裡，人們是能夠與該象徵保持一致的。在「國家」或「階級」的周圍，大大超過的既得利益集團和感情利益集團已逐漸形成。整個人類的多種潛在力

---

⑧喬治・赫伯特・米德：美國哲學家、社會學家和社會心理學家。

量範疇被忽略了。《政治學》描述了一些不同的思想類型。

人們往往把注意力集中到政治觀點上，在此觀點中選擇的參考架構是一系列社會形態，即技能團體之興旺和衰落。在以後的出版物中，被分類選定的技能團體已被用來提供新觀點俾以檢視歷史趨勢和前景。在十九世紀，當工業主義和資本主義擴大蔓延開去的時候，報導了關於暴力技能（軍隊、警察）下降的概念，突出了異軍突起的商業專門技能，群眾政黨組織專門技能和宣傳專門技能的作用，並且在二十世紀，當世界危機依舊的時候，讓位給暴力行為專家的落而復起的洶湧波濤。

可以預料，技術科學革命的傳播，會進一步增強那些擅長數學、物理和化學的人的影響。環境將變得更適宜於數學、邏輯學和科學的發展，高於今天的能力水平的決定性階段必將出現。當然能力可以在早期生活中學到並使其保持原樣，直至它變成學術研究的行政機關或變成為職業集團、工業或行政機構利益代表的角色。除了災難，無技術者的機遇（由於缺乏教育和沒有能力）比過去更少了。非技術性工作正在消失，因為自動化使人們重新受到操縱和維修機器設備的培訓。

技能的概念設計的階級形式

政治也可指「階級」，或者指有相似職能和觀點的人的社會大聚集。有人提出建議，整體的技能集團正在取代諸如有土地的貴族、有特權的富豪統治集團和體力勞動者（真正的無產階級）的傳統形態。《政治學》問世後，在像美國那樣的工業化國家裡，變得更加明顯的是，維持企業活動的高水平，不僅要依靠資本投資和生產就業的高水平，而且要依靠要求通過社會有效地把大量的由驚人的生產技術生產出來的商品和提供的勞務脫售出去。這意味著用收入的分配分等級的方法來

替代收入水平相差極其懸殊的模式。在這樣的一個工業化社會裡，政治觀點既包括期待，也包括對實際生活水平繼續增長的要求。政府有能力因此也有責任去採取一切措施以防止或終止非暫時的衰退。

在一些國家裡技術科學革命的先後發生，它孕育著一場受控制的技能革命的重要方面的鬥爭。在為了實現工業化的目的資本積累增加的地方，在外界干涉的擔憂繼續存在的地方，統治者覺得非要阻止全體居民被轉變成技能集團的綜合組織，阻止他們暗中破壞對政權的服從，阻止他們強制採用能提供更迅速的達到物質上滿足的政策。

思想系統的創始、普及和限制

《政治學》研究集團的興起和衰落，它超越了某個文化的階級界線，或差不多包括整個階級的形成。它提及的「態度」集團，特別是採納或拒絕某種模式的意識形態結構，一九一七年底的莫斯科革命正是以此名義發生的。迄今為止，原先的革命領袖及其繼承人的世界革命激進主義並沒有得到普及。一系列檢查表明，一些思想意識是如何互相聯繫的，也揭示了一些作用過程，在世界政治舞台上各種意識形態就是在此作用過程中興起、傳播或者受到限制的。

最明顯的事實是，那個作為限制領袖人物傳播推行一九一七年創始的象徵系統的手段加在「國家」象徵問題上的壓力，即使在接受「共產主義」的地方，「國際共產主義」也會遭到拒絕。其他限制部分結合（以及部分拒絕）的事例也已發生在各意識形態集團中間，它們批准「社會主義」，但是代表自主國家的看法，拒絕「國際社會主義」。同樣的過程也能在「資本主義」世界裡發現，在那裡「國際資本主義」或像美國那樣有強大財政和工業經濟的「帝國主義資本主義」是常見的目標。「國家」資本主義運動，利用稅收、限制進口、貨幣管理、企

業所有權要求和津貼，對所選的工業採取經濟保護主義要求的措施。

另一種象徵模式超越了不管是國際的還是國家的共產主義、社會主義或資本主義的自我標榜的信徒，用把對立的概念配對如「民主」對「專制」（或者如同義的「自由」對「壟斷」、「獨裁」等等）也表明了這種情況。從政治語言學觀點來看，「民主的資本主義者、社會主義者和共產主義者」群起而反對「專制的資本主義、社會主義者和共產主義者」。像「人民資本主義」這樣的象徵主義是風中稻草，尤其是當支持「人民的資本主義」、「人民的社會主義」和「人民的共產主義」的人們聯合起來去戰勝「專制的資本主義者、社會主義者和共產主義者」時更是如此。

種族主義情況

重要的是要記住近年來在德國和在其他地方，政府官員權力施行的種族隔離是得到支持的。納粹分子推行的識別種族主義象徵是對所有敵對意識形態的「官能的」限制。當一種限制用新的象徵去反對由以前的意識形態提出來的有特色的象徵時，這種限制就是官能的限制。法國革命強調合法的和政治的語言。俄國革命把重點放在經濟上。希特勒的運動不僅保留了「社會主義」的經濟的涵義，以及「自由」、「政黨」和「國家」的政治的寓意，而且還加上了「大衆」(Volk)（「種族主義」）。

納粹的失敗把這種新意識帶來令人吃驚的逆轉與丟棄。但是假如要說，這種意識死了，則也是錯誤的。現代科學和技術的發展正強調著人的「非心理上的」特性，並正逐漸地將人比作機器。現代電子學帶來了計算機，並開始模效人腦，同時藥物學的進步產生了這樣一種工業，它能夠成倍地增加能影響主觀事物的化學手段。數百萬人現在

已不再用傳統的煙草、茶葉、可可、酒精、鴉片，而用什麼新的劑來緩解情緒和衝動。機器人正在製造中，它能達到人的功能特性，並可在許多方面超過人。實驗胚胎學也正在爲新的生命形態儲存種子，也許它能超過人類的各種能力。

在眾多學者之中，宣佈人的雙手也是進化結果的朱利安·赫胥黎(Julian Huxley)提出了一種能符合這些發展規律的新思想。而在奧爾德斯·赫胥黎(Aldous Huxley)的《美麗新世界》(*Brave New World*)一書中，物質的因素的明顯作用產生了有利於「種族主義」和「機器主義」的形勢。

個性的概念設計

統治集團最終能把「機器人」新隊伍和生命的新形式變爲現實，或者說，宇宙政治學時代即將到來，這樣的聲言已不再是奇談怪論了。一個結果，就是對《政治學》中論及的社會形式，即個性形式中第四類型的重要性作出新的闡明。人在創造生活之前以他自己的想法，遵循著先聖或以更適合於他自己的觀點遵循他自己的精神。但是什麼人或那些人會作出決定性的指示來選擇新的形式呢？這就需要有一個對動力和作用過程的廣泛的概念。對人類的意識形態系統也以相對不同的方法按照產生這些方法的個性基本結構進行運用。外形原則在這種基本交叉中發現了一種最具持久力的例證。如果我們設計了「超人」，我們是否要準備超然的愛和消除由我們貪婪的祖先設置的在建設人種基因庫中不斷出現的困難呢？

　　儘管可以說，《政治學》中最重要的部分在於「什麼人」同時要解決特性的主要象徵，包括他們對過去的回顧和對將來的展望，但斷言政治思想的其他性質完全不重要，這種看法是不準確的。從某種意義上說，《政治學》既論「什麼」也論述政治過程中的「什麼人」的問題。

　　在表示各類集團的相對影響的特性時，《政治學》對「安全、收入和敬意」大加闡述。當政治分析的這一方面受到足夠重視時，作爲整體的這些詞語對價值觀念的關係便可闡明。通常，生活形式尋求結果，它滿足與個人有關的各種不同的「需求」、「動力」、「希望」、「預兆」或「要求」。我們把這類任何結果看作是價值（偏愛的事件）。儘管所有這些結果也許會在對立場合中引起高度重視，但是被尋求的所有結果並不是被有意識地追求或承認的。

　　假若我們把在某一社會環境中，爲某些代表性人物尋求的結果列一張清單，那麼這份一覽表立即會達到數千份。我們將把優先考慮的衣料、食品、汽車、書籍、房子、小動物等等列入清單。這種清單將是難以控制的，除非用一些主要的詞語加以歸類；這就是該八個詞語的作用。從《政治學》問世以來，我和我的同事都覺得這八個詞語在用法上很容易統一。這些詞語可用來區分任何社會的價值結果，不管是當代的還是歷史上的，也不論是民間文學還是一種文明。

　　用主要詞語表達的簡短的清單來表明總的背景的工作方法之被採納是爲了克服把一種社會同另一種社會進行比較，或者把一種歷史或者小型的社團的交叉點與另一種進行比較時出現的困難。除非觀察者同樣地在每一種背景中運用一張主要詞語的清單，否則有效的比較將是不可能的。觀察的立場——座號——必須不變，因此那些詞語的觀點也就不變了。假如清單中某個給定的詞語並不是用來指某個給定的社會的，我們便可以說這些現象並不存在，或者說它們的存在是無足輕重的。並非觀察者可能忘記去觀察了，或者他已經觀察過了，而是

他用了他忘記給它下定義的那個不同的詞語了。

　　八個價值種類給最高結果（價值）下了定義，趨於這種結果或從這種結果中我們獲知，在社會過程中的事件是運動著的。政治分析中所有專門的詞語根據其背景關係是可以下定義的，其基本特徵便因此被標明了。當我們在描繪用於塑造和分享價值結果的習慣做法的特定模式時，我們是在描述社會「體制」。體制是一種「習慣做法」的模式；而習慣做法是一種「觀點」（象徵）和「操作」的模式。總的來說，一種體制的所有觀點構成了它的「神話」，所有的操作則成了它的「技術」。

　　價值一覽表：體制（實例）

　　權力：政府,各政黨和團體,壓力團體(Pressure Groups)和幫派。

　　財富：礦藏、種植園、農場、工廠、辦公樓、批發商品、零食商品、開辦銀行、消費。

　　敬意：名譽（或恥辱）授與機構、社會階級差別待遇。

　　福利：為安全、健康、舒適提供的專門設施。

　　正直：責任感標準的建立及運用的機構，即教堂。

　　技能：工作執行標準的建立及運用的機構，即職業協會、學校。

　　宣傳：獲取、處理、傳播以及儲存信息的大規模的專業宣傳工具。

　　友愛之情：親密的和志趣相投的圈子，投身於大集團之中。

　　結果：（實例）

　　決策：選舉權、立法選舉權、行政選舉權，司法選舉權；戰爭中的成敗。

　　交易：定價和物物交換。

　　威望：授與或獲得威望。

　　生命力：提供或接受身心完善的幫助，造成或遭受損失。

　　正義：參加制定職責規範；規範在具體場合的運用；用作規範運用的目標。

　　執行： 參加執行標準的制定；對具體事例的運用；用作標準運用
　　　　的目標。
　　知識： 透露、扣留或接受有關過去的信息以及對未來的評估。
　　熱誠： 傳遞、拒絕或接受友愛之情(家庭、友好的圈子)；投身於
　　　　或不投身於更大的集團之中 (國家的忠誠)。

　　《政治學》故意不把有目的的或設想的政治理論範圍限制在任何
一種價值結果的範疇裡。關於任何形式的「權勢」(實際價值或潛在價
值的同義詞)，其重點應放在要考慮在任何社會背景中的任何介入者的
有效性。該書的一個目的就是要傳播一種比現在更少束縛的政治分析
概念。如果每個思想家或專家集團願意新創一種受相對限制的觀點的
話，那麼《政治學》中的簡圖則提供了一種供選擇和劃分適當的再分
部分的方法。

政治學的策略

　　《政治學》在談到「如何」時所講的內容幾乎與政治學在談論「什
麼人」、「什麼」時同樣多。為了影響結果，戰略是對價值財產的管理。
在政治學中任何從政者授意下的基本價值(財產)，由他所屬的社會背
景地位決定。任何背景的價值結構，從街坊到世界，都可以用上述提
及的八種價值類型的類似的詞語來描述。因為我們經常發現，各種價
值都是不相等地分配的，因此，用價值金字塔來描述大概是再恰當也
沒有了。如果用細節來描述社會，那麼我們會經常發現更多的人是處
在上下層之間的中間地位。

　　按照通常用於影響結果的原則價值，戰略是可以分等級的。但是
我們能夠採用「水平」體制來削減類型的數目。該「水平」體制取決
於對象徵和資源依賴的相對程度。這是切實可行的，因為儘管組合不

同，所有的活動卻都需要利用象徵和資源。

當《政治學》探討的主題是象徵的控制時，那麼爲了對大集團起作用就應當把重點放在對它們的使用上。有許多方法可用來談論「群眾通訊」、「信息」、「心理戰（或和平戰）」、「政策的思想工具」等等。象徵作爲在宣傳方面，敵對國、同盟國或中立國領導人之間傳遞信息的通訊工具，其作用也是十分突出的。它也是在協議談判時使用的外交手段。當採用的政策手段是經濟性質的或在使用壓力時，應該強調的是資源而不是象徵了。《政治學》中對兩方面的手段都給予了重視。

政策手段的四重劃分極其方便，尤其是在考慮集團的外部關係時：信息、外交、經濟、壓力（言辭、政策、商品、武器）。當我們在檢驗用於內部決策過程戰略時，依靠使審查法制機構變得容易的那些類型對我們是有幫助的。

首先我們尋找可授權的機構，以國家的名義制定出總法規。在民主國家裡，相對於專門從事制定職能部門來說，最惹人注目的機構是國民大會和議會。還有其它的一些組織也有權推荐（設法通過）法規，特別是各政黨。我們也注意到已提供了情報的作用，最高行政官通常有責任作眞實彙報和對未來的評估。當法規以初步方式運用到具體情況中去的時候，如警察進行逮捕，大陪審團提出起訴，稅務官員發佈通告，行使法規的職責就算是在執行了。在總的法規的結構裡，運用的行爲是「最終」的，它猶如法院的喉舌。評估作用由「旁聽者」和「監督人」承擔。結尾作用則是那些簽定協議和條約者的責任了。

這七個類型能用來分析司法典章的形式編排。在我們能夠決定掌握的事實是否符合當局的體制前，必須增加適當的採訪和直接觀察的程序。研究表明，從某種程度上看所有的作用都處於每個官方機構的操縱之中，而非官方組織（以及個人）在行使某項指定的作用時，卻經常起決定性作用。例如，在美國，對選舉人和官員來說，情報作用

在相當程度上是由報刊來發揮的。

關於政治策略家的問題，就是如何駕馭現有制度以達到所希望的結果，或者如何修改這種制度來影響將來結果的問題。當檢驗「習慣做法」時，《政治學》談到了這個問題。

當參政者們在作出決定的結果前，得到結果和產生結果後的階段相互制約時，關於聚集的模式闡述得不多。最明顯的事實就是出現在外部政治活動或內部政治活動中的過渡聯合，這是權力的平衡。

策略理論的一個目的是爲在任何一個政治舞台上參加角逐者提供理性上的指導。理論朝兩個方向發展，強調選擇同樣的總的行動的不同部分。第一組理論旨在利用所有明確規定的內部一致性。第二組理論涉及改進程序，以此來評估在第一次工作中所做的預測的有效性。

理性理論典型地假定，選擇者能夠在期望的詳盡無遺的藍圖中產生的所有偶然事件中指定他的偏愛事件。處於領先地位的理論家馮‧紐曼(Von Neumann)不僅爲某種選擇原理提供了第一流的數學論證，而且還提出了用以保護策略家暴露出信息給對手的「混合策略」這一有獨創性的概念。按照混合策略的原則，決策者在諸多可供選擇的方案前，也保留作最後決擇的權利。

第二組決策理論從觀察出發，發現人們對他們要求和期望的整個範圍感覺模糊，而且最主要的問題是如何使選擇者能夠發現他的「偏愛的藍圖」。儘管不知道在什麼條件之下，但是應當承認，試圖與第一組的意向協調行動的做法是能夠改進探索過程的。赫伯特‧賽蒙(Herbert Simon)⑨最近提出了一個正式的理論，旨在溝通這兩個側重點。

---

⑨賽蒙‧赫伯特‧亞歷山大：一九一六～，美國經濟學家，由於他對「經濟組織內的決策程序的開創性研究」獲諾貝爾獎。

　　但兩組理論都重視在各種成份組成的政治舞台上每個參預者所面臨的戰略問題。它們也都正視一個舞台上的全過程，來對所有有關的決定因素作出評估。

　　戰略原則是以行動的名義系統地提出的：如果你要完成X，那麼就得做Y。這個經濟上的通訊方式對決策制定者具有吸引力。然而，它的確混淆了這樣一個事實，即「原則」能夠以某種作爲今後研究的科學假設的見解的形式而加以重新闡述。

科學的比較標準

　　儘管《政治學》利用了可行的科學研究，提出了進一步對其進行檢驗的假設，但是概括基本的主體和概括其相互作用形成政治進程的各種因素的廣泛的觀點工作卻不包括在其工作計劃之內（從某種意義上說，這是後來完成的）。

　　科學思想方式的進行，要依靠系統地提出所選擇的因素是如何相互制約的理論方式，並使理論面臨可觀察到的「現實」的考驗。最廣泛的理論試圖解釋那樣的條件，在這些條件下一種結果比另一種結果更爲理想，或者是一種實際上可以得到的結果。既然常常追求目的而仍然未能達到，因此對「理想」的主觀事物和實際「得到」的結果加以區別是很重要的。對這種不一致性起著作用的諸因素應包括在對決策的全面解釋之中。在所在環境中尋求的目標常常被那些提出目標者視爲「第二選擇」的看法也是正確的。這意味著當戰略專家計算他所一目瞭然的選擇方案的淨結果時，他下結論說，「總的來說，更可取」的結果並不是在背景中最可取的結果。

　　關於被意識到的選擇方案和意志力的進一步的觀點是，它們受到未被意識到的因素的影響，後者也應該受到範圍廣泛的政治理論的考

慮。

值得注意的是，參預者並不僅僅是被隔離的按照他們自己的志願行動的個人，而是在不同程度上集體行動的個人集團，像壓力團體、政黨、政府機關等等。決策理論也應該說明以集體名義提出來的要求和期望。

如果價值體制分析能得到充分運用的話，那麼對政治進程的所有複雜性都可以分析清楚了。我們用在各個舞台（期望得到決策結果的場合）的參預者（有識別力、有要求、有期望，能控制基本價值）的思想方法來考慮政治，那些在舞台上參加角逐的人通過影響決策結果和作用，運用各種戰略使價值特惠不受損失並把它們提高到最大限度。

在政治戰略背景分析中的進步，是發現和說明從政者「工作方式」的技術，這門技術已被內森·雷特斯(Nathan Leites)發展了。

對政治現象的具體探討爲學者和科學家提供了指導方向。有了這種適當的方向，他們就不難發現他們最主要的任務之一是爲他們自己和別人發展廣泛的和可選性的情報作用。利用價值類型，他們會促進不斷地觀察重要的動向——「誰獲得了什麼」。理想的是，他們會考慮本地的社會、州、國家和世界，他們能評估有效範圍的程度：花什麼代價會得到什麼結果（代價那就是根據所有的對價值的看法而不僅僅是美元）。爲了達到有效範圍的特定水平，不論需要採取的是官方的或非官方的行動，他們都會進行煽動。

政治學家對搜集事實也負有直接責任。首當其衝的是所謂習慣上稱作政府和政治的詳情細節，「依從俗例」指的是地方上的用法。例如在美國，要識別「政府」，「政黨」或「壓力團體」的習慣做法是毫無問題的。政府也包括立法機構頒佈的「法律」，行政機構和委員會的「法規」，以及法院的「裁決」。全體選民的、立法機關的、個別行政官員的、委員會的和法院的一切「投票權」都包括在內。

　　總結一下由立法機關和其他官方機構通過的正式法令和法院裁決的頒佈和撤消的歷史是非常有用的。但是，這樣的總結無法告訴我們，在法令和法規裡的文字是否眞正起過作用。簡而言之，法令裡的文字的知識不足以告訴我們，在某一方面我們是否有法可循。旣然政治學和法學完全把它們自己看作是語言學的分支，因此將「法律」視爲僅僅由語言組成是不足取的。談到法律，我們指的是命令式的語言加運用（當局和控制）。

　　當然，探索某個國家的有效法規的任務是一項大規模的研究事業。顯然；應該依靠較爲複雜的途徑，而不是在圖書館裡閱讀書面法律條文。研究可以描繪出方法上的藍圖，在該藍圖中政府的傳統制度在功能上同整個社會背景連結在一起。我們覺得，政治的職能概念指的是科學觀察家爲了進行文化上的比較而沿用的定義。當然我們把政治、法律、政府解釋成在社會背景中專門制定重要決策的機構。什麼決策結果是重要的呢？那些期望出現的結果是重要的。那些在需要時可以利用嚴重的失誤（制裁）有效地向挑戰者進攻的結果是重要的。什麼樣的制裁是嚴厲的而不是溫和的？那些被所涉及到的社會的成員本身發現的制裁是嚴厲的。根據與整個社會有影響的程度以及根據在危急中價值的重要性，決策也是可以與之相適應的。

　　很清楚，除非所有在一特定的社會脈絡的價值制度的制定過程已經受到了檢驗，否則對一個政體的功能情況是無法下最後的結論。即使政治專家有義務來支持或提供事實的各種簡短說明，也會使數千名學者仍然需要保持世界範圍的調查項目這一做法明白無疑。儘管沒人能指望擁有全部的詳盡無遺的總藍圖，他是處理數據的現代化方法第一次使想像整體的概念成爲可能，該概念的取得是建築在廣泛搜集恰好由靈敏的計算保存下來的現代和歷史數據的基礎上的。

　　有關趨向的更多的知識會包括在世界決策過程中持續的自我監督

之中。盡力朝著把今天的科學知識的兩種水平保持下去的方向發展是十分重要的。第一，發生在具有重要的有決定意義的因素的時代背景裡的趨向的相互關係；第二，對政治學的基本觀點，現在可以由可行的數據加以證實作程度的總結。

目標和選擇方案

《政治學》主要研究政治進程中的「普通生理學」的概述，而不是研究制定出適合任何要求的社會秩序系統的各種戰略。這個任務曾被推遲了(其部分後來已經著手進行)。生物學有政策分支，其中之一是有關健康 (「醫學」) 方面的有條理的知識。另一個是「生物戰」，其主要目的是使敵人喪失能力。政治學有由「民主或專制的政治學 (或政策學)」等詞語提出的政策學分支。至於政治學，這是一門生物學，它也包括死亡和生命的政策學。

一九五八年四月於紐黑文 (New Haven)

文獻參考書目注解

第一章

　　本書所見的政治分析已在作者所著的《世界政治和個人安危》(*World Politics and Personal Insecurity*)一書（一九三五年紐約版）第一章〈結構的方法〉(The Configuratice Method)中作了概述。查爾斯・E・曼利茲姆(Charles E Merriam)是美國對政治學範圍作出新的解釋的特別有影響的人物。請見他的著作:《政治力量；它的構成和勢力範圍》(*Political Powers, Its Composition and Incidence*)（一九三四年紐約版）。也請參閱查爾斯・A・比爾德(Charles A. Beard)的著作。在比較年輕的作者中，可參閱G・E・G・卡特林(Catlin)的著作《政治的科學和方法》(*The Science and Method of Politics*)，一九二七年紐約版，及弗雷德里克・L・舒曼(Frederick Schaman)的《國際政治，西方國家體制介紹》(*International Politics; An Introduction to the Western State System*)，一九三三年紐約版第十三章。歐洲作者所作的類似的系統闡述並不罕見，尤其可參閱蓋塔諾・莫斯卡所著的《政治學要素》(*Elementi di Scienza Politica*)一書，（一九二三年都靈"Turin"第二版）；麥克思・韋伯"(Max weber)所寫的《社會經濟學大綱》(*Grundriss*)第三分冊中的〈經濟和社會〉(*Wirtschcft und Gesellschoft*)（一九二五年杜賓根"Tübingen"版）第一部分第三章，第二部分第七章，第三部分第一到第十一章均有論及。關於領袖人物的立嗣和繼位的資料，請見皮特利姆・索羅金(Pitirim Sorokin)所著的《社會流

動》(*Social Mobility*)(一九二七年紐約版)，維爾弗雷德・佩雷多(Vilfredo Pareto)所著的《思想意識和社會》(*The Mind and Society*)四卷本，(一九三五年紐約版)；羅伯特・米歇爾斯所著的《戰後統治階級的更迭》(*Umschichtungen in den herrschenden Klassen nach dem Kriege*)，(一九三四年斯圖加特"Stuttgart"版)。關於美國的資料可查閱《近世經濟的變化》(*Recent Economic Changes*)一書二卷本，(一九二九年紐約版)；《近世社會趨向》(*Recent Social Trends*)二卷本，(一九三三年紐約版)；阿瑟・N・霍爾庫姆所著的《新的黨派政治》(*The New Party Politics*)(一九三三年紐約版)以及《當今的政黨》(*The Palitical Parties of Today*)(一九二五年紐約第二版)。

第二章

探討宣傳和宣傳活動可詳細參閱：由H・D・拉斯威爾，R・D・凱西(Casey)和B・L・史密斯(Smith)編輯的《有注釋的文獻參考書目》(*An Annotated Bibliography*)(一九三五年明尼亞波利斯版"Minneapalis"美國明尼蘇達州東南部一城市)。論及神話、意識形態、烏托邦的一般類目，可見喬治・索雷爾(*Georges Sorel*)所著的《暴力論》(*Réflexion sur la Violence*)(一九〇八年巴黎版)；卡爾・曼漢所著的《意識形態和烏托邦》(*Ideologie und Utopie*)(一九二九年波恩"Bonn"版)。關於愛國主義的諄諄教誨和民族主義的傳播，請見查爾斯・E・梅利亞姆所著的《公民的素質：文明訓練方法比較學》(*The Making of Citizens : A Comparative Study of Methods of Civil Training*)(一九三一年芝加哥版「文明訓練叢書」縮節本，內有關於蘇聯、義大利、德國、瑞士、法國、奧匈帝國、大不列顛、美國和原始社會的專論)。關於新德意志，可見弗雷德里克・L・舒曼所著的《納粹專政》(*The Nazi Dictatorship*)(一九三五年紐約版)。關於義大利，可見赫爾曼・芬納(Herman　Finer)所著的《墨索里尼的義大利》

(*Mussolini's Italy*)（一九三五年紐約版）。在本章中，我已摘引了我的文章〈希特勒主義的心理學〉(The Psychology of Hitlerism)（一九三三年七月至九月號〈政治季刊〉*"Political Quarterly"*第四册三百七十三至三百八十四頁）。關於協約國反對德國的宣傳的性質和效果，在漢斯蒂姆(Hans Thimme)所著的《不用武器的世界大戰》(*Weltkrieg Ohne Waffen*)一書（一九三二年斯圖加特版）中曾作過評述。宣傳活動贏得並保留了外國的援助，這在弗朗西斯・P・雷諾特(Francis P Renaut)所著的：《美國獨立戰爭時期的宣傳政策》(*La Politique de propagande des Américains durant La guerre d' indépendance*)一書二卷集（一九二二年巴黎版）中曾作過調查研究。關於革命的宣傳，可見列寧所著的《怎麼辦》(*What Is To Be Done?*)（一九二八年紐約版）。在美國的普遍的宣傳，見E. P. 小赫林(Herring)所著的《面對國會的一群代表》(*Group Representation before Congress*)（一九二九年巴爾的摩版）；《公共管理和公共利益》(*Public Administration and the Public Interest*)（一九三六年紐約版）。關於一種宣傳的理論，倫納德・W・杜布(Leonand W Doob)在他所著的《宣傳：其心理學和技術》(*Propaganda: Its Psychology and Technique*)一書（一九三五年紐約版）中作了闡述，總的內容可參閱哈伍德・L・蔡爾滋(Hardwood L・Childs)所編的《壓力團體和宣傳》(*Pressure Groups and Propaganda*)一書（一九三五年五月，安娜爾斯版）。

第三章

關於戰爭，可查閱昆西・賴特所著的《戰爭的根源與和平條件》(*The Causes of War and the Condition of Peace*)（一九三五年倫敦"London"，紐約，多倫多"Toronto"版）；皮特里姆・索羅金所著的《當代社會學理論》(*Contemporary Sociological Theories*)（一九二八年紐約版）第六章，S・魯道夫・斯坦邁茲(Rudolf Steinmety)所著的《戰爭社會學》

（*Soziologie des Krieges*）（一九二九年萊比錫"Leipzig"版）。早期討論戰略和戰術的著作《論戰爭：遠東軍事經典》（*The Book of War: The Military Classic of the Far East*）（一九〇八年倫敦版），見卡爾·馮·克勞塞維茲(Carh Von Clausewitz)所著的《戰爭論》（*Vom Kriege*）三卷集（一八三二～一八三四年柏林版）。近代的簡論有弗雷德里克·B·莫里斯爵士所著的《戰略原理》（*Principles of Strategy*）（一九三〇年紐約版）。有獨特見解的書是阿道夫·卡斯珀萊(Adolf Caspary)所著的《經濟戰略和戰爭》（*Wirtschaftsstrategie und Kriegsführung*）（一九三二年柏林版）；理查德·W·羅恩(Richard W Rowan)所著的《間諜和反間諜》（*Spy and Counterspy*）；《現代間諜活動的發展》（*The Development of Modern Espionage*）（一九二八年紐約版）；馬克西米利安·朗格(Maximilian Longe)所著的《戰爭和工業間諜活動》（*Kriegs-und Industrie-Espionage*）（一九三〇年維也納"Vienna"版）；H. D.拉斯威爾所著的《世界大戰中的宣傳方法》（*Propaganda Technique in the world war*）（一九二七年倫敦、紐約版）。關於治安，有雷蒙德·B·福斯迪克(Raymond B Fosdick)所著的：《美國的警察制度》（*American Police Systems*）（一九二〇年紐約版），以及《歐洲的警察制度》（*European Police Systems*）（一九一五年紐約版）；A·T·瓦希列耶夫(Yasilyev)所著的《保衛，俄國的秘密警察》（*The Ochrana, the Russian Secret Police*）（一九三〇年費城"Philadelphia"版）；布魯斯·史密斯所著的《國家警察》（*The State Police*）（一九二五年紐約版）；J·P·沙洛(Shalloo)所著的《私人保鏢，尤指賓夕法尼亞州》（*Private Police With Special Reference to Pennsylvania*）（一九三四年費城版）；愛德華·利維森(Edward Levinson)所著的《我解散了罷工：珀爾·L·伯格夫Pearl·L·Bergoff的手法》（*I Break Strikes ; The Technique of Pearl · L Bergoff*）（一九三五年紐約版）。關於武裝革命暴動的理論，見A.紐伯格(Neuberg, 筆名)所著的《武裝暴動：理論探討》（*Der Pewaffnete Aufstand: VerSuch einer theoretischen Derstellung*）

（一九二八年蘇黎世"Zurich"版）（第三國際的秘密文獻；假版本說明）。關於暗殺的理論，見內奇奇夫（Netschajeff）所著的《一個革命者的日記》（*The Diary of a Revolutionist*）。

第四章

第一次世界大戰期間的定量供應制度的情況調查可見詹姆斯・T.肯特韋爾（James　T.　Shotwell）主編的《世界大戰的經濟和社會歷史》（*Economic and Social History of the World War*）一書的經濟和歷史部分，「國際和平卡內基捐贈基金會」。弗蘭克・H・奈特（Frank . H・Knight）所著的《冒險，不穩定和利益》（*Risk, Uncertainty and Profit*）（一九二一年波斯頓"Boston"版）一書，對價格可以通過自由競爭進行調節的某些條件作了系統的闡述。違背「至善的競爭」原則的調查，請參閱下列諸書：埃里奇・埃格納（Erich Egner）著的《壟斷的意義》（*Der Sinn des Monopols*）（一九三一年柏林版），J・M・克拉克（Clark）著的《社會對商業的控制》（*The Social Contral of Business*）（一九二六年芝加哥版），D・M・基澤（Keezer）和斯塔西・梅（Stacy May）合著的《政府對商業的控制》（*The Public Control of Business*）（一九三〇年紐約版）；A・薩爾茲（Salz）所著的《權力和經濟法》（*Macht und Wirtschaftsgesetz*）（一九三〇年萊比錫版）。關於蘇聯，請查閱卡爾文・B・胡佛著的《蘇俄的經濟生活》（*The Economic Life of Soviet Russia*）（一九三一年紐約版）；威廉・亨利・張伯林（William Henry Chamberlin）所著的《俄國的戰時管制時代》（*Russia's Iron Age*）（一九三四年波士頓版）；西德尼和比阿特麗斯・韋布合著的《蘇維埃共產主義》（*Soviet Communism*）（一九三六年紐約版）。關於現代經濟發展的某些觀點，可見A・A・小伯利（Berle Jr.）和加德納・C・米恩斯合著的《現代企業和私有財產》（*The Modern Corporation and Private Property*）（一九三二年紐約版）；A・A・伯利和V・J・佩德森合

著的《易變的所有權的國民財富》(*Liguid Claims and National Wealth*)
（一九三四年紐約版）；哈羅德・G・莫爾頓著的《資本的形成》(*The For-
mation of Capital*)（一九三五年華盛頓版）；亨利・C・賽蒙斯(Henry C・
Simons)著的《自由競爭的積極計劃》(*A Positive Program for Laissee
-Faire*)（一九三四年芝加哥版）；J・M・克拉克所著的《管理費用經濟學
的調查研究》(*Studies in the Economics of Overhead Costs*)（一九二
三年芝加哥版）。關於商業政策，請查閱約瑟夫・格倫特捷爾(Josef Grunt-
zel)著的《貿易政策體系》(*System der Handelspolitik*)（一九二八年維也
納第三版）。也可參閱尤金・斯特利(Euqene Staley)著的《戰爭和私人投
資者》(*War and the Private Investor*)（一九三五年紐約版）和R・G・
霍特里(Hawtrey)著的《經濟主權面面觀》(*Economic Aspects of Sover-
eignty*)（一九三○年倫敦版）。關於專論扣押的觀點，請見歐納斯特・西奧
多・希勒(Ernest Theodore Hiller)著的《罷工：集體行動的一個研究》
(*The Strike: A Study in Collective Action*)（一九二八年芝加哥版）；威
爾弗雷德・哈里斯・克羅克(Wilfred Harris Crook)著的《總罷工；勞工
災難武器的理論和實踐調查》(*The General Strike: A Study of Labor'
s Tragic Weapon in Theory and Practice*)（一九三一年查佩爾希爾
"Chapel Hill美國地名"」版）；埃文斯・克拉克(Everns Clark)主編的:
《聯合抵制與和平》(*Boycotts and Peace*)（一九三二年紐約版）；查爾斯・
F・雷默(Charles F・Remer)和威廉・B・帕默(William B・ Palmer)
合著的:《與中國的聯合抵制的經濟實效有關的專題調查》(*A Study of
Chinese Boycotts with Special Reference to Their Economic Ef-
fectivenees*)（一九三三年巴爾的摩版）；克拉倫斯・M・凱斯(Clarence M・
Case)著的《非暴力的高壓統治：社會控制方法的研究》(*Non-Violent
Coercion: A Study in Methods of Social Control*)（一九二三年紐約
版）。

第五章

　　關於政府和行政管理的非馬克思主義的文獻曾傾向用有關的「實效」或用「自由」或「服從」等廣用的詞彙來縮小領袖人物的影響。由於下列學者的著書立說，對全書所述的政府政策的實施的調查，在說英語的國家受到很大的鼓勵。它們是，格雷厄姆‧華萊士(Graham Wallas)所著的：《政治學中的人性》(*Human Nature in Politics*)（一九○八年倫敦版），《偉大的社會》(*The Great Society*)（一九一四年倫敦版）；《我們的社會遺產》(*Qur Social Heritage*)（一九二一年倫敦版），以及《思想的藝術》(*The Art of Thought*)（一九二六年倫敦版）。也請閱瑟曼‧W.阿諾德(Thuman W Arnold)著的《政府的象徵》(*The Symbols of Government*)（一九三五年紐黑文版）；傑羅姆‧弗蘭克(Jerome Frank)著的《法律和現代的理智》(*Law and the Modern Mind*)（一九三○年紐約版）；E‧S‧魯賓遜(*Robinson*)的《法律和律師》(*Law and Lawyers*)（一九三五年紐黑文版）；杭廷頓‧凱恩斯(Huntington Cairns)著的《法律和社會科學》(*Law and the Social Sciences*)（一九三五年紐約版）；威廉‧A‧羅布森(William A‧Robson)著的《文明和法律的發展》(*Civilization and the Growth of Law*)（一九三五年紐約版）；羅斯科‧龐德的《法律哲學入門》(*An Introduction to the Philosophy of Law*)（一九二二年紐黑文版）；A‧利斯特(Leist)著的《十九世紀的私法和資本主義》(*Privatrecht und Kapitalismus in neunzhnten Jahrundert*)（一九一一年杜賓根版）：A‧V‧迪賽著的《關於十九世紀英國的法律和民意之間關係的演講》(*Lectures on the Relation between Law and Public Qpinion in England during the Nineteeth Century*)（一九一四年倫敦第二版）；M‧M‧比奇洛(Bigelow)等人合著的《集權和法律》(*Centralization and the Law*)（一九○六年波士頓版），也可見哈羅德‧J.拉斯基著的《政治學

要義》(*A Grammar of Politics*) (一九二五年紐黑文版第二部分)；R・M・麥基弗(Maciver)著的《現代國家》(*The Modern State*) (一九二六年牛津版)；弗朗茲・歐本海默(Franz Qppenheimer)著的《國家》(*The State*) (一九一四年第安納波利斯"Indianaplis"版)；J・W・加納(Garner)著的《政治學和政府》(*Political Science and Government*) (一九二八年紐約版)；艾爾弗雷德・韋伯(Alfred Weber)著的《國家思想和文化社會學》(*Ideen zur State-und Kultur-Soziologie*) (一九二七年卡爾斯魯厄版)；喬蓋・傑利內克(Georg Jellinek)著的《國家學說概論》(*Allgemeine Staatslehre*) (一九一四年柏林第三版)；魯道夫・凱倫(Rudolf Kjellen)著的《政治制度大綱》(*Grundriss zu einem System der Politik*) (一九二〇年萊比錫版)；J・R・西利(Seeley)著的《政治學入門》(*Introduction to Political Science*) (一八九六年倫敦版)；J・W・伯吉斯著的《政治學與憲法》(*Political Science and Constitutional Law*) 二卷集 (一八九〇年波士頓版)；亨利・西奇威克(Henry Sidgwick)著的《政治學要素》(*The Element's of Politics*) (一八九一年倫敦版)，羅伯特・洛伊(Robert H・Lowie)著的《國家的起源》(*The Origin of the State*) (一九二七年紐約版)；W・C・麥克洛德著的《政治學的起源和歷史》(*The Origin and History of Polities*) (一九三一年紐約版；弗蘭克・J・古德諾(Frank・J・Goodnow)著的《政治和行政》(*Politics and Administration*) (一九〇〇年紐約版)；厄恩斯特・弗羅因德(Ernst Freund)著的《論行政權對個人與財產權的凌駕》(*Administrative Powers Over Persons and Property*) (一九二八年芝加哥版)；以及《美國立法的準則》(*Standards of American Legislation*) (一九一七年芝加哥版)；W. F.威洛比(Willoughby)著的《公共行政原理》(*Principles of Public Administration*) (一九二七年巴爾的摩版)；倫納德・D・懷特(Leonard D・White)著的《公共行政研究入門》(*Introduction to the Study of Public Administration*) (一九二六年紐約版)。關於新建議，見昂德希爾・穆爾(Underhill Moore)和《耶

魯法學論壇》（*Yale Law Review*）的合作者的論文；也可見H・D・拉斯威爾和蓋布里爾・阿蒙德著的《曲線的救濟條例》（*Twisting Relief Rules*）刊於一九三五年四月號的《人事雜誌》第十三期三百三十八頁至三百四十三頁。

第六章

關於立法委員的才能及其溯源可見卡爾・布朗尼亞斯(Karl Brannias)著的《代議制的選舉權：歐洲立法機關組織手冊》（*Das Parlamentarische Wahlrecht: Ein Handbuch über die Beldung der Gesetzgebenden Körperschaften in Europa*）二卷集（一九三二年柏林和萊比錫版）。弗里茨・吉斯(Fritz Giese)在他所編的《應用心理學》雜誌（一九二八年萊比錫版）第四十四期〈公共人格〉（"Die öfftenliche Persönlich keit", Beiheft 44, Zeitschrift für angewandte Psychologie）一文中對在德國的傑出人物作了分析。總的情況可查閱A.P・M・卡爾—桑德斯(Carr-Saunders)及P・A・威爾遜合著的《專職團體》（*The Professions*）（一九三三年牛津"Oxford"版）。關於工程師，可見A・P・M・弗雷明(Fleming)和H・J・布魯克赫斯脫(Brocklehurst)合著的《工程學的歷史》（*A History of Engineering*）（一九二五年倫敦版）；關於物理學家，可見W・C・D・丹波爾(Dampier)著的《科學的歷史及其與哲學和宗教的關係》（*A History of Science and Its Relations with Philosophy and Religion*）（一九二九年英國劍橋版）。關於醫生，可查亞瑟・紐瑟爾姆(Arthur Newsholme)著的《關於私立和公立醫院在疾病防治專用藥物與應用之間關係的國際調查》（*International Studies on the Relation between the Private and the Official Practice of Medicine with Special Reference to the Prevention of Disease*）三卷集(一九三一年倫敦版)。關於教士，可查閱艾爾弗雷德・伯索里特(Alfred Bertholet)著的《教士的職位》（*Priesthood*），（載《社

會科學大百科全書》Encyclopaedia of the Social Science)。關於首領、官僚、公僕，可見W・C・麥克勞德著的《政治學的起源和歷史》（一九三一年紐約版）；麥克思・韋伯編著的《政治學論文集》(*Gesammelte Politische Schriften*)中的〈以政治爲志業〉(*Politik als Beruf*)一文（一九二一年慕尼黑"Munich"版）；A・A・萊法斯 (*Lefas*)著的《國家與官員》(*L'état et Lesfonctionnaines*) （一九一三年巴黎版）；馮・加勃蘭茲(Von Gablentz)著的《工業官僚主義》(*Industriebureankratie*) （一九二六年《希慕勒(*Schamllers*)年鑑》第五十卷五百三十九──五百七十二頁）。關於外交官，可見塞弗洛斯・克萊門斯(Severus Clemens)著的《外交家的職業》(*Der Beruf des Diplomaten*) （一九二六年柏林版）；戴爾・A・哈特曼(Dale A・Hartman)著的《英國和美國的大使》(*British and American Ambassadors*) （一九三一年《經濟》(Economica)雜誌第十一期三百二十八頁至三百四十一頁）。關於談判者，可見沃納・松巴特(Werner Sombart)著的《資產階級》(*Des Bourgeois*) （一九二〇年慕尼黑版）；F・W・陶西格(Taussig)和C・S・喬絲林(Joslyn)合著的《美國商業巨頭》(*American Business Leaders*) （一九三二年紐約版）。關於教師、哲學家、社會學家，可見愛德華・H・賴斯納(Edward H. Reisner)著的《現代教育的歷史基礎》(*Historical Foundations of Modern Education*) （一九二七年紐約版）；H・拉什杜爾(Rashdall)著的《中世紀歐洲的大學》(*The Universities of Europe in the Middle Ages*)二卷集，（一八九五年牛津版）；格勒迪斯・布賴森(Gladys Bryson)著的《社會科學從道德哲學中誕生》(*The Emergence of the Social Sciences from Moral Philosophy*)，載《國際倫理雜誌》(*International Journal of Ethics*) （一九三二年特大號第二冊第三〇四頁～三二三頁）。關於律師，可見馬克思・朗夫(Max Rumpf)著的《律師和律師事務所：法學和法律社會學演變》(*Anwalt und Anwaltstand: Eine rechtswissenschaftliche und rechtssoziologische Untersuchung*) （一九二六年萊比錫版）；H・D・黑茲爾坦(Hazeltine)，馬克思・雷丁(Max

Radin)，A·A·小伯利合著的《律師的職業和律師的教育》(*Legal Profession and Legal Education*)載《社會學大百科全書》。關於新聞記者，可見國際勞工辦事處的調查報告《新聞記者的生活和工作狀況》長篇連載第二卷（一九二八年日內瓦"Geneva"版）；G·鮑頓(Bourdon)等人合編的《當今新聞業》(*Le Joumalisme D'aujourd'hûi*)（一九三一年巴黎版）；H·D·拉斯威爾主編的《關於象徵專家的分佈的調查研究》(*Research on the Distribution of Symbol Specialists*)（一九三六年五月號《新聞季刊》(*Journalism Ouarterly*)第十二卷第一百四十六頁至一百五十七頁。

第七章

　　關於政治階級分析的詳情細節，可參閱H·D·拉斯威爾的《世界政治和個人安危》（一九三五年紐約版）；馬克思·諾瑪特(Max Nomad)著的《謀反和背叛》(*Rebels and Renegades*)（一九三二年紐約版）；V·佩雷多著的《社會主義制度》(*Les Systémes Socialistes*)（一九〇二～一九〇三年巴黎版）；亨特列克·特·芒(Hendnyk de Man)著的《社會主義心理學》(*The Psychology of Socialism*)（一九二八年倫敦版）；沃納·宋巴特著的《無產階級的社會主義》(*Der Proletarische Sozialismus*)二卷本（一九二四年耶拿"Jena"版）。L·L·洛文(Lorwin)著的《勞工和國際主義》(*Labor and Internationalism*)（一九二九年紐約版）；羅伯特·米歇爾斯的《關於現代民主派別的社會學》(*Zur Soziologie des Parteiwesens in der Moderen Demokraitia*)（一九二五年萊比錫第二版）；朱利恩·本達(Julien Benda)著的《知識分子的叛逆》(*The Treason of the Intellectuals*)（一九二八年紐約版）；關於重要的歷史分析，參閱：尤金·羅森斯托克(Engen Rosenstock)著的《歐洲革命》(*Die Europäischen Revolutionen*)（一九三一年耶拿版）。關於辯證唯物主義，可查閱西德尼·胡克著的《對馬克思的理解》(*Towards the Understanding of Karl*

Max）（一九三三年紐約版）；盧卡奇（Georg Lukács）著的《歷史和階級意識》（*Geschichite und Klassenbewusstsein*）（一九二三年柏林版）；N・布哈林著的《歷史唯物主義》（*Historical Materialism*）（一九二五年紐約版）；N・列寧著的：《唯物主義和經驗主義批判》（*Materialism and Empirio-criticism*）（一九二七年紐約版）；卡爾・考茨基（Karl Kautsky）著的：《辯證唯物主義的歷史觀》（*Die Materialistische Geschichtsauffassung*）二卷本（一九二七年柏林版）；海因里希・丘諾（Heinrich Cunow）著的《馬克思主義的歷史、社會、國家理論觀》（*Die Marxshe Geschichts-Gesellschafts-und Staatstheorie*）二卷本（一九二三年柏林第四版）；V・阿道拉茨基（*Adoratsky*）著的《辯證唯物主義》（*Dialetical Materialism*）（一九三四年紐約版）；也可見蓋伊・絲坦道・福特（Guy Stanton Ford）編的《現代世界的專政》（*Dictatorship in the Modern World*）（一九三五年明尼阿波利斯版））；馬克思・勒納（Max Lerner）、拉爾夫・H・盧茨（Ralph H・Lutz）、J・弗雷德・里比（J・Fred Rippy）、漢斯・科恩（Hans Kohn）；哈伍德・L・蔡爾茲等人的著各文章也有參考價值，如：哈伍德・L・蔡爾茲編的《專政與宣導》（*Dictatorship and Propaganda*）（一九三六年普林斯頓版）；尤其是奧斯卡・耶茲（Oscar Jászi），弗里茨・M・馬克思（Fritz M. Marx），H・D・拉斯威爾的文章；海曼・康托洛維茲（Hermann Kantorowicz）著的《專政》（*Dictatorship*）（附：亞歷山大・埃爾金"（Alexander Elkin"）的文獻目錄）載《政治》（*Politica*）雜誌一九三五年八月號第四期，第四百七十頁至五百零八頁；M.T.弗洛林斯基（Florinsky）著的《世界革命與蘇聯》（*World Revolution and the USSR*）（一九三三年紐約版）；哈羅德・J・拉斯基著的《國家：理論與實踐》（*The State in Theory and Practice*）（一九三五年紐約版）。

第八章

　　深入的個性研究，有了現代的方法，從同佛洛伊德的深入談心，（在談心活動中使對象進入自由聯想境界），通過各種簡短的訪問，則對對象的行爲進行系統觀察，而不被對象覺察。現代文獻也注重觀察者在其領域裡的地位；以他獨特的方法來解釋其抽象的語言。對這些深入的方法的有關評論，可參閱柏拉恩‧V‧揚(Pauline　V‧Young)著的《社會工作中的會談》(*Interviewing in Social Work*)(一九三五年紐約版)。約翰‧多拉德(Jhon Dollard)的作品《個人生活經歷的準則》(*Criteria for the Life History*)(一九三五年紐黑文版)曾作過系統的闡述。具體說明深入的心理分析的討論，可參閱H‧D‧拉斯威爾著的《精神病理學與政治學》(*Psychopathology and Politics*)第十一章(一九三〇年芝加哥版)，也請參閱下列書刊文章《心理分析評論》(*Psychoanalytic Review*)和《意象》(*Imago*)(維也納版)。現代心理概念簡解，請參閱伯納德‧哈特(Bernard Hart)著的《精神錯亂的心理》(*Psychology of Insanity*)(一九一二年英國劍橋版)；普通精神病學方面，請查閱威廉‧A‧懷特著的《精神病學概要》(*Outline of Psychiatry*)(一九三二年華盛頓第十三版)。這方面較有聲望的作者是佛洛伊德、艾德勒(Alfred Adler)和榮格(Carl Jung)。有關生物特性的象徵表現，參照厄恩斯持‧克雷奇馬爾(Ernst Kretschmer)著的《醫療心理學教科書》(*Texbook of Medical Psychology*)(該書由E‧B‧施特勞斯(Strauss)翻譯，一九三四年倫敦版；有關心理學各領域的近期發展，可參見卡爾‧墨奇森(Carl Murchison)編著的手冊(克拉克大學"Clark University"出版社出版，麻省(Massachuselts)烏薩斯特"Worcester"版)。對政治學有特殊興趣的類型或個人的研究調查，可參見理查德‧貝倫特(Richard Behrendt)著的《政治活動》(*Politicsher Aktivismus*)、《一個有關社會學和政治心理學的嘗試》(*Ein Versuch Zur Sociologic und Psychologic der Palitik*)(一九三二年萊比錫版)；弗列茨‧孔凱爾(Frits Künkel)著的《政治特徵學概況》(*Grundzüge der Politischen Charakterkunde*)(一九三三年萊比錫版)；亞歷山大‧赫茲伯格著的《哲學家的心理學》(*The Psychology of*

Philosophers)（一九二九年紐約版）；L·皮爾斯·克拉克著的《林肯，一部精神分析的傳記》(Lincoln, A Psycho-Biography)（一九三三年紐約版，本章注用）；H·F·戈斯納爾(Gosnell)著的《黑人政治家》(Negro Politicians)（一九三五年芝加哥版）；約翰·根室(John Gunther)著的《歐洲內幕》(Inside Europe)（一九三六年紐約版）；費德·弗琴(Feder Vergin)著的《下意識的歐洲》(Subconscious Europe)（一九三二年倫敦版）。

第九章

由於態度可以相互影響，也會受到物質條件的影響，因此，對特殊的態度分析就顯得複雜化了。關於心理狀態的重要性，可見雅谷布·瓦克奈奇爾(Jacob Wackernagel)著的《國家的價值意義》(Der Wert des Slaats)（一九三四年巴塞爾"Basel"版）；有關家庭與各權力結構的關係，這方面有成就的著作是：《關於權威和家庭的研究》(Studien über Autorität und Famile)，摘自社會研究學院的研究報告（一九三六年巴黎版）；關於國際主義、國籍、愛國主義從各個角度的闡述，參見查爾斯·E·曼利亞姆，漢斯·科恩·卡爾登(Calton)，J·H·海斯，羅伯托·米歇爾斯等的著作，著重參閱海因茨·O·齊格勒著的《現代國家》(Die Moderne Nation)，《對政治社會學的貢獻》(Ein Beitrang Zur politischen Soziologie)（一九三一年杜賓根版）；有關鬥爭的態度查閱愛德華·格洛弗(Edward Glover)著的《戰爭，虐待狂及和平主義》(War, Sadism and Pacifism)（一九三三年倫敦版）和羅伯特·瓦爾特(Robert Waelder)著的《有關集體精神病的原因和演變的信札》(Lettre sur L'étiologie et L'évolution des Psychoses Collectives)（一九三三年國階智力合作協會編纂）。有關現代工業廠家道德檢驗，可見埃爾頓·梅約(Elton Mayo)著的《人類的工業文明問題》(The Human Problems of an Industrial Civilization)（一九三三年紐約版）。在研究積極的或消極的個人關係中，觀察和質

詢的步驟可見J・L・莫爾諾(Moreno)著《誰將倖存?》(*Who Shall Survive?*)、《人類相互關係問題的新觀點》(*A New Approach to the Problem of Human Interrelations*) (一九三四年華盛頓版);有關個人的心理特性及文化,參見魯斯・班乃迪克著的《文化模式》(*Patterns of Culture*) (一九三四年波士頓版);關於正在變化的相互關係的分析,參閱H・D・拉斯威爾著的《作爲文化接觸結果的集體我向思考》(*Collective Autism as a Consequence of Culture Contact*) (載《社會研究雜誌》*"Zeitschrift für Sozialforschung"*一九三五年第四期第二百三十二頁至二百四十七頁);對喪失的肯定性分析,見蓋布里爾・阿蒙和H・D・拉斯威爾合著的《當事人對公共救濟行政人員的過火行爲:一項具體分析》(*Aggressive Behavior by Clients Toward Public Relief Administratiors: A Configurative Analysis*) (載美國《政治學評論》*American Palitical Science Review*一九三四年第二十八期六百四十三頁至六百五十五頁)。有關無產階級社會主義,見《在階級鬥爭中的組織》(*Die Organization in Klassenkampf*)《工人階級的問題》(*Die Probleme der Arbeiter-Klasse*) (一九三二年柏林版),尤其是弗里茨・皮列克(Fritz Bielegk)的論文。有關變化著的集體態度和法律間的關係,參見斯文特・藍納爾夫(Svend Ranuef)著的《上帝的妒忌和雅典的犯罪法律:對義憤塡膺的社會學的貢獻》(*The Jealousy of the Gods and Criminal Law at Athens: A Contribution to the Sociology of Moral Indignation*)二卷本, (一九三二年~一九三四年倫敦和哥本哈根"Copenhagen"版);傑羅姆・霍爾(Jerome Hall)著的《盜竊、法律和社會》(*Theft, Law and Society*) (一九三五年波士頓版)。

第十章

關於美國的發展,查閱劉易斯・科利(Lewis Corey)著的《中產階級的危機》(*The Crisis of the Middle Class*) (一九三五年紐約版),艾

爾弗雷德‧平漢(Alfred Bingham)著的《波濤洶湧的美國：中產階級的起義》(*Insurgent America: Revolt of the Middle Class*)（一九三五年紐約版）；勞倫斯‧丹尼斯(Lawrence Dennis)著的《即將來臨的美國法西斯主義》(*Coming American Fascisms*)（一九三五年紐約版）；雷蒙德‧格蘭姆‧斯溫(Raymond Gram Swing)著的《美國法西斯的先驅》(*Foverunners of American Fascism*)（一九三五年紐約版）；威廉‧楊德爾‧埃利奧特著的《憲政改革的需要》(*The Need for Constitutional Reform*)（一九三五年紐約版）；尤其可參閱T‧V‧史密斯著的《美國政治的希望》（一九三六年芝加哥版）。關於功能團體，有許多零星的出版物出現在貿易協會、勞聯、農場組織等方面。關於混合政府的手法及私人控制，參見西德尼和比阿特麗斯‧韋布合著的《大不列顛社會主義聯邦的章程》(*A Constitution for the Socialist Commonwealth of Great Britain*)（一九二六年紐約和倫敦版）；馬歇爾‧E‧廸莫克(Marshall E‧Dimack)著的《英國公用事業和國家發展》(*British Public Utilities and National Development*)（一九三三年倫敦版），《在巴拿馬運河地區的政府經營企業》(*Government-Operated Enterprises in Panama Canal Zone*)（一九三四年芝加哥版）；馬奎斯‧蔡爾茲(Marquis Childs)著的《瑞典：中間道路》(*Sweden: The Middle Way*)（一九三六年紐黑文版）；庫爾特‧威登菲爾德(Kurt Wiedenfeld)著的《由國家和私人資本合營的企業的本質和作用》(*Wesen und Bedeutung der gemischt-Wirtschaftlichen Unternehmung*)（載希默勒年鑑*Schmollers Jahrbuch*一九三一年第五十五期第四百三十九頁到四百五十六頁）；朱利葉斯‧蘭特曼(Julius Landmann)編著的《國家企業的現代組織形式》(*Modlerne Organisations formen der öffentlichen Unternehmungen*)（載《社會政治團體論文集》*Schriften des Vereins für Sozialpolitik*第二冊第一七六卷，一九三一年慕尼黑版）；《政府所有制企業》(*Government Owned Corporation*)載《政治學大百科全書》(*Encyclopaedia of the Social Scienes*)（保羅‧韋平克Paul Webbink著），關

於聯合形式，參閱詹姆士·C·龐勃賴特 (James C·Bonbright) 和加德納·C·朱恩斯合著的《控股公司；其公共意義及其規章制度》(*The Holding Company; Its Public Significance and Its Regulation*)（一九三二年紐約版）；埃利奧特·瓊斯 (Eliot　Jones) 著的《美國的托拉斯問題》(*The Trust Problem in the United States*)（一九二一年紐約版）；羅伯特·利夫曼 (Robert Liefmann) 著的《企業形式》(*Die Unternehmungsformen*)（一九三〇年斯圖加特第四版）。

國立中央圖書館出版品預行編目資料

政治 ：論權勢人物的成長、時機和方法 ／ 拉斯
威爾(Harold D. Lasswell)原著 ； 鯨鯤,和敏
譯. -- 初版. -- 臺北市 ：時報文化, 民80
面 ； 公分. -- (近代思想圖書館系列 ；
6)
譯自 ：Politics: who gets what, when,
how
參考書目:面
ISBN 957-13-0250-3(平裝)

1. 政治 - 哲學,原理等

570.1   80000926

近代思想圖書館系列⑥

政治：論權勢人物的成長、時機和方法

原　著─拉斯威爾
譯　者─鯨鯤／和敏
校　訂─黃志芳
發行人─臧遠侯
出版者─時報文化出版企業有限公司
　　　　台北市10911和平西路三段240號四F
發行專線─(〇二)三〇六六八四二一
讀者服務專線─(〇一)三〇二四〇九四
　　　　(如果您對本書品質與服務有任何不滿意的地方，請打這支電話。)
郵撥─〇一〇三八五四～〇時報出版公司
信箱─台北郵政七九～九九信箱

主編─孟樊
責任編輯─李濰美
校對─陳錦生・林玉琴
排版─正豐排版有限公司
製版─成宏照相製版有限公司
印刷─華展彩色印刷有限公司
定價─新台幣二〇〇元
初版一刷─中華民國八十年四月二十五日

◎行政院新聞局局版台業字第〇二二四號
版權所有　翻印必究
(缺頁或破損的書，請寄回更換)

ISBN 957-13-0250-3

91.10.2.